U0068469

晴空莊（せいくうそう）的夏日（なつび）

佐渡遼歌（さど りょうか） 著

目次

第一章　落魄作家的我與文學少女

今天又是晴天。

這是起床後所發現的第一件事情。

昨晚為了通風而把窗戶全部打開就睡著真是失策，忘了拉窗簾導致被陽光曬醒更是失策中的失策，然而話又說回來，這間屋齡超過二十年的老舊兩層樓建築物已經與時代脫節太久，久到房間內最先進的科技產品是小型立座電風扇。這可是結合中國西漢的發明和西歐工業革命成果的偉大產物。空調？冷氣？那種東西根本聽都沒聽過！

雖然想以「科技文明進步過快導致傳統產物的消失」為主題繼續進行一番思想層面的深入研討，只可惜正面接受日曬的臉頰快要融解了，再加上很想去廁所的生理衝動，我只好中止大腦內的研討會議，在床鋪撐起身子，踱步前往兩步之遠的廁所。

解決完生理需求、刷牙洗臉後感覺清醒多了。大量冷水的沖洗之下也令融解到一半的臉頰恢復緊實。這時不禁感謝起水費、電費全包的房東爺爺，雖然冬天時也常常因為相同理由而在心底瘋狂咒罵就是了。在這個與時代脫節的出租宿舍，當然沒有所謂的太陽能熱水器或電熱水器，一切的溫度均由自然掌控。

大自然真是令人畏懼。

重新瞭解自然偉大之處的我回到兩坪半的客廳兼臥室，開始在各種雜物中尋找能夠顯示時間的物品，最後總算在牆邊的衣服堆中發現一包起司洋芋片和貓咪造型的鬧鐘。太好了，早餐和時間，兩種願望一次滿足。不過看完時鐘後發現已經是下午一點了，所以應該算午餐才對。雖然叫什麼都不重要就是了。

「喀啦、喀啦、喀啦」

咀嚼洋芋片的聲音在小小的房間內回響。沒事可做的我再次躺在木製地板，越過紗窗仰望藍得令人眩目的夏日天空。

吵死人的蟬鳴、熱死人的氣溫以及無聊到令人發狂的漫長暑假。正可謂是夏日三部曲。大學畢業兩年的我已經快想不起來學生時代的回憶了，不過依然每天都在放暑假。

太好了，夏天萬歲！

太好了，暑假萬歲！

當初殘留在心底的罪惡感和責任心早已被夏日的陽光消磨殆盡，澈澈底底地消失了。既然如此，總會有其他東西去填滿心底空出來的位置吧？我曾經樂觀地如此以為，不過兩年後的現在總算明白了，消失的東西不會回來，也不會出現新的事物去填滿空缺。空盪盪的地方將一直空盪盪的。

一想到此，僅存的危機感發出警訊。若是繼續這樣過日子，十年、二十年之後所有東西都消失了，我會只剩下空殼嗎？或者連空殼也會消失呢？洋芋片吃太多了好乾再不喝水可能會噎死。

危機感總會適時提醒我這些重要的事情。謝謝你，危機感，請在我的身體多停留一段時間吧。我抓抓喉嚨，開始在地板滾來滾去尋找可以喝的東西。

當衣服表面成功黏滿灰塵和頭髮之後，我震驚地發現房間內沒有任何可以飲用的液體。雖然有「自來水」和「馬桶的水」兩個選項，不過在放棄身為人類的尊嚴之前我應該不會輕易嘗試。這下子不得不離開宿舍了。

為了從眾多雜物當中找出手機和錢包又費了好一番功夫。

T恤被汗水浸濕。好難受。喉嚨更渴了。

——糟糕，或許真的會死也說不定。

——別擔心，人類意外很堅強的。

魔鬼與天使開始在我耳邊低語。我揮揮手像是趕蚊子一樣趕走他們。吵死了，別在別人認真做事的時候說風涼話好嗎。

數十分鐘後，成果報告。

其一，在桌腳的垃圾桶旁找到了鼓得厚厚的錢包。抽掉發票和各種優惠卷之後錢包頓時縮水，裡面只有兩張百元鈔票和三枚十元硬幣。

其二，在書架某層、尚未拆封的暢銷推理小說旁邊也找到了半個月前不小心掉到地板導致螢幕左上角龜裂的手機。泛紅的電量顯示剩下百分之九。

很好，既然必備的物品都到齊了，那麼就愉快地出門吧。

我換上相對而言較為體面的服裝：沒有汙漬的素色T恤和牛仔褲。努力打起精神準備到外面接受夏日陽光的毒辣洗禮。

推開鐵門來到公寓外面的走廊，我倚靠著鏽跡斑斑的欄杆又發了好一會的呆。

從這裡可以看見圍牆陰影處的小菜園。不過沒有看見老愛穿著無袖背心、戴著斗笠鋤草的一樓住戶身影。不過想想也是，哪有人會在正中午鋤草，又不是腦子被曬壞了。

我嘆了口氣，拉著被汗水浸濕的領口搧風，轉身走下樓梯。

明明是小時候萬分期待的暑假，現在的我卻只想回房間蒙頭大睡。如果一覺醒來發現已經秋天了更好……雖然那樣的話我就會開始期待冬天了。唉。

我是個失敗的人。

不，準確的說，我是一個在人生重要分歧路選擇錯誤、逐漸邁向失敗的人。

要成為優等生其實很簡單。只要把握考試的訣竅便有八成的機率成為優等生，再加上我的運動神經不錯，即使是第一次嘗試的運動也能夠達到平均之上的水準，更是穩穩掌握餘下的兩成機率。

考試名列前茅、運動萬能、善於待人處事、同儕關係和諧、不亂搞男女關係。我維持著「優等生」的形象度過國小、國中、高中時期，然而卻在選填大學志願的時候犯下錯誤，至於犯錯的原因則是「夢想」。

我希望成為小說家。

在國小三年級時首次接觸小說，在國中二年級時首次提筆寫作，並且在高中一年級時立志要成為小說家。

於是我在選填大學志願時斷然以各校的「中文系」為第一志願。即使老師和父母都持反對意見，我還是堅持己見地點擊滑鼠，送出滿是中文系的表單。

直到進入大學，我才愕然發現中文系主要在研究中國經典而非鑽研寫作技巧，不過沒關係，反正所謂的創作小說即使只有一個人也可以進行。

打著「只要投稿得獎就可以藉此過活」的樂觀想法，我一邊盡興享受大學生活一邊寫作，然而大四畢業之後，我的作品最多只進入過徵文比賽的第二次審查，任何一個小獎項都沒拿過。大學時期得過且過、沒有雙主修或專業能力證書的我只憑一張畢業於中文系的文憑，根本找不到像樣的工作。

靠著姑且可以見人的文筆投稿給報紙的副刊賺取兩百、五百的稿費勉強度日，持續現在這種生活模式不知不覺已經有兩年的時間了。

如果要省錢，住在老家自然是最佳方案，然而不想和整天唉聲嘆氣的父母相處的我選擇搬出來外宿，也因為如此，賺取的微薄薪水正好和房租與生活費打平，根本存不了錢。真是前途一片黑暗。

話說回來，人生走馬燈都跑上一輪了，為什麼還沒有到便利商店？

我伸手擦去額頭的汗水。懶得去剪的瀏海已經快要蓋住眼睛了。該拿剪刀自己冒險或是用髮夾塑造新造型，要在這兩者之間取捨真是困難。不過在做出決定之前，我或許會先變成灰燼也說不定。

為什麼便利商店這麼遠啊？那些負責外部分析、區域分析的員工到底有沒有認真計算？難道這個就是晴空莊房租如此便宜的主因嗎？不，追根究柢應該是溫室效應的錯吧？

開始怨天尤人的我下意識地在一家連鎖咖啡廳前停下腳步。

——進去嗎？但是這個月的伙食費很吃緊。

——多寫幾篇稿不就行了？話並不是這樣說的。

——反正裡面也會有便宜的冰咖啡啦，正好解渴不是嗎？也有道理。

魔鬼與天使達成協議。討論時間結束。

我颯爽地推開玻璃門。

清脆的風鈴聲和冷氣迎面吹來，頓時令暑意全消。能夠活著真是太好了。

在親切女服務生的帶位下，我坐在可以看見街景的位置。自從學校畢業之後身邊的女性數量急遽下降，更別提我還過著半繭居的生活，根本沒有認識女生的機會，早知道就該在受歡迎的優等生時期交女朋友才對。

悔不當初的我頓時下定決心，要好好把握眼前的機會，至少要拿到這位可愛服務生的手機號碼！

「這是Menu，請在決定之後按桌邊的按鈕，謝謝。」

「沒關係，我直接點。」

上吧！為了不留下遺憾！人生搭訕的初號機要發射了！

我一邊露出自認為最迷人的微笑，一邊瀏覽菜單。接下來只要在點飲料的時候不經意地向她搭話就行了。完美的策略。

「那麼請給我……冰咖啡，謝謝。」

「知道了。冰咖啡一杯。」

女服務生露出甜美的酒窩重複，收起菜單回到櫃檯。

嗯？搭訕的事情？現在根本不是在意搭訕的時候啊！該死的，區區一杯冰咖啡居然要價兩百元。這家店的一杯咖啡難不成有二千 c. c.嗎？當然不可能。

可惡，看見那麼可愛的酒窩之後怎麼可能有客人肯狠心說「抱歉，太貴了所以我不喝，要出去了」。根本是商業詐欺啊！投訴！我一定要投訴！叫店長出來！

「這是您的冰咖啡。您的餐點已經送齊了，如果有其他需要請按桌邊的按鈕，我會盡快來為您服務。」

「嗯，謝謝。」

內心的怒吼無法傳達，看來還是來思考要如何用三十元活五天比較實際。

✣ ✣ ✣

在西斜的落日餘暉中，我享受著夏日傍晚的微風，踱步在寧靜巷弄。

這麼說可能比較詩情畫意，不過實際上只是因為我不甘心為了區區一杯冰咖啡浪費兩百元，於是在咖啡店待了四個多小時才離開。慶幸的是那家咖啡店的白開水免費喝到飽，正好可以墊墊肚子。

今日成果：冰咖啡一杯、白開水約三千 c.c.。

唉，早知道就帶筆記型電腦到咖啡店寫稿了。國中時期的我相當憧憬在氣氛幽雅的咖啡店寫小說，雖然實際嘗試過才發現寫稿速度最快的地點還是自家書桌……嗯，前提是拔掉網路線。

「白開水喝太多了好反胃……肚子好餓……身上只剩下三十塊……」

自言自語的內容悲慘到我都想哭了。

扶著電線桿稍作休息的我正好和一隻窩在雜草叢中的肥胖虎斑貓對上眼。

由於最近幾次出門都會看見這傢伙，我率先表示善意地點點頭，不料虎斑貓甩動尾巴，迅速轉身跑走了。竟然頭也不回，真是不懂得人情世故的貓，這種態度在社會上可是無法立足喔。

走過兩個街區，和一個神色匆匆且服裝搭配怪異的少年擦身而過之後，眼前就是我待了兩年的窩——「晴空莊」。這個數字佔據我的人生的十二分之一，卻意外地無法產生任何感慨。

咦？原來已經過了兩年了？真的嗎？

總感覺我似乎打從有記憶以來就一直住在這棟爬滿常春藤與鐵鏽、走路地板就會震動、雨天走廊會積水、偶爾會聽見老鼠的吱吱聲、但是整體而言還算不錯的老舊建築物。

經過小巧可愛的前庭時，我忽然想到可以和一號住戶做個交易。我幫忙照顧菜園，每天拿一顆植物當作工資。聽起來挺不錯的！雖然要怎麼靠一根胡蘿蔔或一把菠菜獲得成年人一天所需的營養也是個問題，不過我總是保有赤子之心，或許身體需要的營養也和小孩子差不多吧？

正當我對於自己的結論讚嘆不已時，眼角忽然瞥見有個小小的身影蹲在菜園的小黃瓜支架前。

哎？蔬菜賊？不不不，要在都市找到蔬菜很困難吧，職業的蔬菜賊應該都往鄉下去找獵物了才對，所以是業餘的蔬菜賊嗎？我到底在說些什麼啊！

總之先問問看情況吧。

難得做出正確判斷的我的大腦！幹得好！

我小心翼翼地走向那個身影。綁成兩小撮的馬尾、短袖的純白上衣、深藍色的百褶裙、粉紅色的襪子、最近難得見到的米色包頭鞋，再加上身材嬌小的決定性證據，我推論她是剛結束暑期輔導的國中女生……大概吧。也有可能是國小女生，我實在很不擅長判斷年齡。

除了肩膀的側背書包外，少女身旁還擺了一個小行李箱這點也令人費解。

逃家少女？

同樣注意到腳步聲，那名國中少女以「啊，那樣會扭到吧」會令我不由得發出哀號的速度轉動白皙的脖子，由下而上地仰望著我。

——我不是可疑人士喔！大哥哥我是住在這裡的住戶，想問問看妳有沒有需要幫忙才靠近的，絕對沒有不良的企圖喔！請不要尖叫或是報警喔！也不要拿防狼噴霧噴我喔！

在我如此澄清自己的清白之前，少女便滿臉厭惡地皺起臉，低聲抱怨：「遲到太久了，舅舅。」

「……咦？靜？」

這麼說起來，今天是姊姊家的小孩要來晴空莊借住的日子。

當我將自動關機的手機充電到能夠使用時，立刻躍入螢幕的是多達三十幾通的未接來電。雖然是未儲存聯絡人的號碼，不過推測是跑去關島度假的姊姊或是坐在身後的姪女其中之一。賠率一比九。

「——我和我家達令預計暑假要到關島玩，不過靜有暑期輔導不能跟。明明說請假就好她偏偏不肯聽，真是認真向學的孩子，總之如果到時候靜沒有改變心意，就讓她到你那邊住個三天喔。反正你整天閒閒沒事對吧？那就這麼說定了，三天的房租就用土產抵吧，掰掰。」

和靜互相對視之後我遲來地想起姊姊似乎說過類似的請求。喔不，是單方面的命令。

姊姊比我大一歲。和以資優生在親戚間聞名的我正好澈底相反，一般人想得到的惡作劇姊姊幾乎都做過，打從小時候起就是個老愛在外面跑來跑去的野孩子，升上高年級後更是變本加厲。雖然以卓越的天分成為籃球隊的隊長，卻也因為一吵架就直接動手打人這點被勒命退隊。

姊姊是個隨心所欲的人。

她和藉由察覺他人眼色以達到社會要求標準的我不同，即使熬夜也會拼命去完成熱衷的事情，對於不喜歡的事情卻連碰都不碰。任性妄為、自由自在、無拘無束，通通都是姊姊的最佳描寫。

老實講，我挺喜歡姊姊的。

小時候姊姊總會替我出頭，有好吃的點心也不忘幫我留一份。雖然都是些很小很小的事情，不過那時的我便明白姊姊是我的同伴，因此當姊姊決定大一退學、重考會計系的時候全家只有我支持她，甚至在成為新人會計師不久突然宣布要和事務所曾經離過一次婚、帶著女兒的上司結婚時，也只有我支持她。

正因為是姊姊，才能夠擁有如此峰迴路轉的人生不是嗎？即使姊姊跌倒了、受挫了，我也會繼續支持她。我甚至暗自覺得只有姊姊能夠令我放棄夢想去工作。不過既然姊姊和姊夫在關島甜甜蜜蜜地渡假，我應該可以繼續抱著夢想窩在兩坪半的房間內打滾吧。啊，沒辦法，因為現在房間內還有一個急需處理的燙手山芋。

凝視充電中的手機螢幕發呆的策略已經執行超過十五分鐘了。能夠在這個明顯失敗的策略努力這麼久的我也挺厲害的，可惜現在不是自鳴得意的時候，不管時間拖得再久坐在坐墊上的國中女孩也不會自行消失。

總之，我決定先和這位只在婚禮和重要場合見過面的國中女孩稍微培養感情。畢竟萬事都是從溝通開始的！應該有這句名言吧？

「吶，我說啊，今天……」

「那是你的造型嗎？」

「嗯嗯？」

不料搶答權竟然被靜選手搶走，我不禁張大嘴巴發出疑惑感嘆詞。

「你是故意留長髮和鬍子的嗎？那種活像流浪漢的造型在大學很流行嗎？」

怪了，靜是如此毒舌的小孩嗎？那個老愛跟在我屁股後面跑、癟嘴喊著「不要扔下我」的可愛小女孩到哪裡去了？後段當然是騙人的。我和靜初次見面是在兩年前的結婚典禮。這麼一想，或許是因為當時姊姊的獨斷獨行弄得滿城風雨，父母才沒有理會不去找工作的我。

又被她救了一次。

謝謝姊姊。

「——啊，我忘記你已經大學畢業很久了。抱歉，剛才的話就當作沒說過吧。」

靜像是猛然想起什麼似的自顧自總結。

我姪女在與人的應對進退能力上面似乎有所缺陷。不行啊，靜，當妳用這種態度出社會工作時會狠狠地摔跤喔，更慘一點還有可能變成舅舅這樣的人喔。只可惜我沒有矯正國家未來棟梁的遠大抱負，反正等到靜大學畢業後全身上下的稜角都會被磨平吧？就像河川下流的鵝卵石。

「我們來討論一下現況吧。」

我努力裝出有威嚴的嗓音，不過似乎不太成功。

「靜，妳真的願意住在這裡？連續住上五天？」

「什麼意思？」靜皺起清麗的五官。

可惡，故意延長住宿時間的裝傻被無視了。我嘆了口氣說：「妳願意在這種亂七八糟的房間內、和不熟的親戚大哥哥待上三天的時間？」

「原來你有自覺啊，舅舅。」

就說了妳得改改那種說話方式啊！不對，我好像沒說出口？

如果哪天人類可以發明心電感應的機器，或許就可以迎來世界和平了。

靜起身原地自轉，畢竟這是打量房間最快速的方式，然後環起手臂說：「雖然聽梓姨說過房間很小，不過實際看過之後真的超小的，大概只贏過我家廁所。」

「不好意思喔！這間和廁所差不多的房間就是我的窩！」

「……嘛，其實也無所謂，把衣服和廚房旁的那幾堆垃圾扔掉後，基本上就只剩下書了。我並不介意住在都是書的房間內。」

「別隨便把別人的衣服扔掉啊！」

「你有多少本書？」

「無視我嗎。話說沒有人會無聊到去數書的數量啦……有超過兩千本吧。大概。」

「意外滿多的耶。舅舅，剛才我都那樣說了你還是不肯打掃嗎？」

「妳講話毫無邏輯可言耶！」

我一邊思考最近的國中是否有落實國文教育，一邊將散落在房間各處的衣物通通抓起來塞進衣櫃。這段期間，抱膝坐著的靜一直望向窗戶發呆，絲毫沒有幫忙的打算。與其加強國文教育，感覺提高公民與道德的授課比例更為恰當。

「吶，舅舅，我餓了。」

「我正在打掃啊！要吃飯至少等——」

「鈴鈴鈴鈴鈴。」

「——啊啊，誰挑這種時間打電話來啦？」

「好俗的鈴聲。」

「閉嘴啦！」

我一股腦地將懷中的衣服通通塞進衣櫃僅存的空隙內，然後迅速轉身用背部抵住衣櫃的門阻止爆炸。完成這個高難度的動作後我才拿起正在充電的手機。

「喂，哪位？」

「是我啦，我啦我啦。」

「姊姊！現在不是假裝詐騙電話的時候！妳是認真的？讓靜來住我這裡？」

「上次不是講過了，姊姊我哪次不是認真的。所以靜到了？」

「到了是到了啦，只是——」

「那就好，這幾天就麻煩你了。靜知道你的宿舍有很多書之後還挺興奮的，可要好好招待她喔。那麼先這樣，國際電話很貴的。掰。」

「咦？等等！姊姊！還有很多——」竟然真的掛斷了！

「梓姨打來的？」

「嗯，確認妳有沒有確實到達。」我直瞪著變黑的螢幕和蛛網裂痕。

靜無所謂地應了聲，隨後眨著大眼重複說：「我餓了。」

「知道了知道了！我立刻去張羅晚餐！」

我認輸了。

最近國中生使喚人的技能等級太高了，繭居族的我實在無從反抗。

「啊！」靜忽然雙手掩嘴，發出小小的驚呼。

「嗯？」順著她的視線轉頭的我正好看見衣櫃大爆炸的精彩瞬間，下一秒就被衣服洪流淹沒，差點窒息而死。如果墓碑刻著「死於衣服窒息」未免也太丟臉了，雖然或許可以留下「衣服是很危險的：Clothes is dangerous」的墓誌銘流傳後世，不過我還是敬謝不敏。

即使這種不起眼又丟臉的死法很適合現在的我也敬謝不敏！

「好吃嗎？」

「……普通。」

「剛才聽姊姊說妳似乎很喜歡看小說？」

「……還好。」

「有哪個喜歡的作家嗎？」

「……舅舅呢？」

「咦？我嗎？最近在看山本文緒的作品。前幾天去圖書館看書名挑了一本感覺還不錯，應該會先試著把她的作品都看過一遍。」

「我沒聽過那個作家。」

在狹窄的晴空莊二〇一號房，我和一點也不可愛的姪女面對面吃著珍藏的兩包泡麵。我是牛肉麵口味。靜是海鮮口味。悶熱的蒸氣和無法順利對話的尷尬氣氛揮之不去。幸好大學畢業旅行去印尼買的海豚造型風鈴在夏日晚風的吹拂下發出「叮鈴、叮鈴」的聲音，對於冷卻暑氣稍有助益。

大概是怕燙的緣故，靜每吃一口前都會把麵挾到半空中吹氣許久，再加上嘴巴有東西時不開口講話的良好教養，我們倆的對話總間隔著不自然的沉默。

「舅舅，我想喝飲料。冰箱裡有什麼？」

「天真的少女，妳張大眼睛仔細看看四周吧，在這間以維護傳統為宗旨的晴空莊，怎麼可能設置有冰箱如此高科技的產品呢！」

靜難以置信地移動視線。下巴快掉下來囉，少女。

「……我到底來到多麼破舊的地方啊。」

「後悔了嗎？」

「還好，有這麼多書的話勉強可以忍受。」

原來靜是書癮這麼重的書蟲嗎？有書可以看的話甚至可以忍受和幾乎是陌生人的親戚大哥哥同住三天。說到文學少女，一般都是綁著兩根三股辮、喜歡屈膝坐在椅子上、偶爾會吃書的形象吧？看來或許這些只是我個人的誤解。

「我就不奢望飲料了，礦泉水總該有吧？」

「這麼說起來，我下午出去好像就是為了要買水，不過途中受到便利商店設點策略的影響，不小心踏入私人經營商店的陷阱，最後為了保有身為人類最底限的自尊心，於是正面挑戰陷阱並且獲勝。」

「……結論是？」

嗚喔靜的眼神好冰冷。

「我忘記買水了，吃完泡麵後家裡是澈底斷糧的狀態。」

那時靜所露出的表情是我見過最完美的顏藝，澈底融合訝異、憤怒、鄙視和無可奈何。正當我想要拿手機拍下來作為紀念時，忍耐終於突破界線的靜利用物理性和心理性的手段將我趕出房間。

「買到水前不準回來！」

柳眉直豎的靜如是說。

房間的主人應該是我才對吧？想如此宣示主權的我尚未發出聲音，鏽紅色的鐵門碰地關起。力道之大甚至令老舊的晴空莊微微震動。

灰塵飄揚。

我不禁打了個噴嚏。

✥ ✥ ✥

所有事情都有一條界線。

我坐在一樓外側的鐵片階梯，抬頭仰望夏夜的燦爛星空。

界線的寬鬆因人而異，唯一相同的是在那條界線之前無論做什麼都會被允許，然而一旦越過那條線，就必須付出某些事物作為代價。或許是金錢、或許是友情、或許是愛情、或許是理想、或許是時間、或許是生命。

以我個人為例，我的那條界線大概在出生時畫歪了。「夢想界線」相當嚴謹，只要稍微觸及夢想這個詞彙，即使一吋也不願意退讓，「其他界線」卻寬鬆到了極點，不管發生什麼事情都覺得無所謂。

即使不熟的姪女要來借住三天，即使被趕出房間買水，我都覺得沒什麼。啊啊，夏天的星空總感覺特別耀眼，大概是因為接近七夕，喜鵲們開始搭設星橋的緣故吧。

如果現在向牛郎織女許願「我想要礦泉水」，不曉得多久礦泉水才會送來？

記得牛郎星距離十六點七光年，織女星則是二十五點三光年，看來牛郎比較好說話，不過霸佔我宿舍的姪女感覺沒有耐心可以等那麼久，只好採取許願之外的手段。

我踩著月色離開晴空莊，前往對街的兩層樓獨立住宅，對著頗有古風的柵欄拉門朗聲開口。

「房東爺爺我來打擾了，我是二〇一號房的住戶。」

「喔喔！來了來了！」

渾厚的回答立刻傳來，速度快到令人懷疑房東爺爺是不是一直躲在門後等待客人上門。喀唧、喀唧。柵欄拉門發出急需順滑油的悲鳴往右滑開，接著出現的是身為房東爺爺經典標記的光頭和燦爛笑容。

「喔呀！是一號房的弟子啊，似乎很久沒有見到你了。快進來快進來，正好昨天我女兒寄來了很有名的提辣～米蘇。」房東爺爺興奮得抓住我的手臂將我往內拖。話說他是故意在提拉米蘇的「拉」字捲舌的嗎？不愧是房東爺爺，超新潮的。

儘管是一個人獨居，這間房子的室內擺設卻多到異常的地步。

玄關的牆壁掛有巨大的非洲木頭面具和各種乾燥的植物果實串，走廊堆滿小型摩艾石像、動物毛皮、用途不明的鍍金器具以及各種玻璃量杯。

明明比我矮了十公分，房東爺爺卻以驚人的腕力將我拖到客廳，然後扔到撲滿紅金色刺繡抱枕的沙發內。幸好掛在天花板角落的吊扇正發出嗡嗡聲努力工作，否則身體面積有八成都被毛絨絨刺繡品覆蓋的我大概很快就會悶死了。

相較於各種意義上都相當驚人的走廊，客廳的擺設就簡潔多了。大概房東爺爺也有「客廳是招待客人的場所而非雜物儲藏室」的正確觀念，雖然我眼尖地發現電視櫃旁的角落放著灰銀色金屬磚塊堆疊而成的金字塔。上週明明沒這東西的。

雜物的蔓延速度令人畏懼。希望我下次進來客廳的時候還有位置可以坐。

「來！請享用！薄荷薰衣草茶，我發現這是最適合搭配提辣～米蘇，正好今晚月色也很完美。」

「謝謝。」

我捧起銀藍色的巴洛克風格瓷杯，努力展現優雅地小啜了一口琥珀色液體。

嗯……好燙。

「不錯吧！我還加了新鮮蜂蜜。剛才很猶豫到底該加新鮮蜂蜜還是一小滴蘆薈萃取露，現在喝起來果然新鮮蜂蜜是正確選擇。」

不等我開口說出斟酌許久的文學性感想，房東爺爺自顧自地講了起來。同時又替自己斟了一杯薄荷薰衣草茶。見狀，我噤回感想，轉而露出微笑。

「房東爺爺看起來精神不錯，真是太好了。」

「當然啦，我的目標可是活到兩百歲呢。」房東爺爺摸著光頭大笑：「那麼今天特地來訪，有什麼事情嗎？」

「我姪女要到我的宿舍借住三天，想說先跟房東爺爺講一聲。」

「沒問題沒問題，不過最近的國中女生很難搞，你自己加油啊，哈哈！」

「……果然什麼事情都瞞不過爺爺。」我露出苦笑。

「我不會看漏晴空莊內發生的任何一件事情，畢竟你們都是我重要的弟子啊。」房東爺爺得意地拍拍胸口。肢體動作豐富這點也是房東爺爺的特徵。

「那麼我過來的另外一件事情，相信你應該也知道了？」

「不就是水嗎，要拿幾千 c. c. 都儘管拿！沒問題！還是說也帶一點花茶回去泡？我昨天才曬好紫蘇，現在正是最好喝的時候。」

「謝謝，我就不客氣了。」

每次來拜訪房東爺爺就像回鄉下老家一樣，出去時提的東西一定比進來時還要多。盛情難卻的我最後抱著二千五百 c. c. 的塑膠水桶，口袋插著幾株剛曬好的紫蘇葉、手腕吊著一袋手工小餅乾和一袋小圓麵包，搖搖晃晃地走回晴空莊的二樓。

「下次挑個空閒的悠哉午後，跟我說說關於你姪女和姊姊的故事吧。」

房東爺爺站在自家門前，用力揮著手。

✣ ✣ ✣

不同於電影和小說的虛構情節，歐洲有一座真正的魔法大學。為的是延續中古的魔法傳統，學生必須著巫師袍上課，同時學校也開設占星、藥草、符咒、製作魔杖、熬煮魔藥、飼育動物等課程，務求將學生培育成真正的巫師。

房東爺爺是那所學校的畢業生。

換句話說，他是現代社會中貨真價實的魔法使。

年輕時到國外追求夢想，畢業後輾轉在世界各地旅行，最後回國搭建名為「晴空莊」的學堂教育弟子，每天過著隨心所欲的生活。

我相當尊敬並且憧憬房東爺爺。

對於迷失在夢想道路的我而言，房東爺爺的存在耀眼得令人眩目。

門鎖被開啟的喀嚓聲音總是特別清晰。我再次踏入生活兩年的熟悉房間內。將手上的東西一股腦地放到流理臺前的地板，我看見靜蜷曲著小小的身子，抓著棉被一角沉沉睡去。臉頰旁有一本攤開一半的小說。

我小心翼翼地經過她旁邊，眼角瞥見鮮紅色的封面和跳舞的女子身影。《莎樂美》啊，以一個正常的國中女生而言真是稀奇的閱讀品味，該不會靜是隨手拿一本來看吧？國中時看這種內容的小說會對身心發展有不良影響嗎？

思索得不到正確答案，於是我靠著牆壁坐下。

風鈴的清脆鈴聲和靜淺淺的吐息聲交織成奇妙的旋律，在夏夜溫熱的晚風中令人感到昏昏欲睡。原本打算今晚要看一本關於夏天的作品，然而現在腦中只有提著三色堇花的小精靈到處飛舞，一群男女滑稽地在森林當中你追我跑，不時可以聽見嘶嘶驢鳴。雖說經典永遠是經典，不過我大概也被夏天熱昏頭了。

在我陷入沉睡之前，閃過腦中的最後念頭是：

——啊，結果今天也一個字都沒寫。

幸好在罪惡感襲上心頭前，睡意就令我的思考停擺了。

✣
✣
✣

兩年來都是睡到自然醒的生活，當許久不曾被迫中止睡眠行為的我受到物理性的外力衝擊而醒來時，頭重得隨時有可能會從脖子掉下來。雖然也有可能是我一整晚都維持坐著的不良睡姿影響所導致的後遺症。

「……嗯？早安。」

久未接觸液體的喉嚨發出嘶啞的嗓音。還挺有磁性的。

眼前坐著的是依然一身制服的靜。她面無表情地瞪視我，接著將疑似用來叫醒我的道具舉到面前，悶悶地報告：「已經十點四十七分了。」

「感謝妳精準的報時，不過我基於宗教因素必須睡到飽好養足精神，所以晚安。」

「那算什麼邪教……喂，別睡，有暑期輔導。」

我稍微清醒了點。清醒的原因並非靜的發言，而是她為了阻止我倒下去繼續睡而直接將鬧鐘扔了過來。直線的殺傷力非比尋常。注意是「直線」而非「拋物線」。下腹部的痠麻痛楚順著中樞神經往上衝刺，直抵腦門，效果媲美各廠牌的提神飲料。

啊啊，所謂的暑期輔導就是那個對吧？樂觀面是可以看見仰慕的人的私服裝扮，悲觀面則是無止盡寫考卷、檢討、寫講義、檢討、再寫考卷再檢討的無限循環鬼打牆對吧。我也是過來人我瞭的。

「這麼說起來，妳今年國一？國二？」

「國二。暑假結束後就要升國三。」

「即將要開始考生的悲慘生活啊，那樣乾脆翹掉暑期輔導吧！畢竟最後一個可以盡情玩耍的夏天相當珍貴，必須好好把握！讓我們好好揮灑青春的汗水！」

「……你是認真的嗎？」靜詫異地張大嘴巴。下巴快掉下來囉，少女。嗯？這個梗用過了嗎？總感覺似曾相似。

「好啦，我承認自己的汗水已經不青春了。」

「不是那個啦！」

「嗯？前面的話是認真的喔。缺席幾天暑期輔導充其量就是少寫了幾十張考卷和幾十頁講義，如果之後一年都認真讀書的話，根本不會有影響……還是說學校有妳很想聽課的老師？」

「這個倒是沒有。」

「也是啊，我人生中也只遇過兩個聽他講課一整天也不會膩的老師。如果每個老師都有這麼厲害的授課技能，世界的科技大概會突飛猛進吧，只可惜現實總沒有那麼容易。」

「但是……不去暑期輔導真的可以嗎？」

靜意外的是優等生耶。從她昨天對我毫不客氣的模樣，我還以為她的個性比較偏向放蕩不羈的太妹類型，竟然會對翹課與否如此在意，真會鑽牛角尖。雖然我在學生時代每次都領全勤獎就是了。

畢竟那時的我可是優等生啊。

「順便問一下，從晴空莊通勤到妳的學校大概要多久？」

「沒有實際搭過，不過大概要一個半小時吧。」

「……妳確定住在這裡的三天不要通通翹課嗎？」那樣豈不是每天早上六點就得起床了？天啊，我這輩子六點起床的次數屈指可數啊。「如果被姊姊罵的話，大不了我負責教妳不懂的地方，之後有問題歡迎隨時打電話或用電腦問我。」

其實話說出口前就感到後悔了，卻礙於不曉得後悔的理由而繼續將話說完。

為什麼要主動承擔這種麻煩事？為了證明區區國中程度的問題我能夠輕鬆解出嗎？然而即使證明了這點又能代表什麼？

「噁咦耶？舅舅嗎？教我？」

那個從來沒聽過的嶄新感嘆詞是怎麼回事？很失禮耶！不要滿臉嫌惡地打量我好嗎！不服輸的情緒久違地充滿胸口。

「我說啊，自己這麼炫耀可能有點自滿，不過我考高中時的PR值有九十八，考大學時的成績也有國立大學的水準，妳的作業沒道理解不出來吧。」

「即使現在沒有工作？」

「那個和現在的問題不相干吧！」

「即使外表看起來像剛從垃圾車掉出來的流浪漢？」

「那個更沒有關係吧！不要以貌取人！」

「所以……真的可以嗎？」

「啥？什麼可不可以？」

「真的可以翹課嗎？」

靜不安地垂著眼簾自言自語。雖然一副人小鬼大的模樣，不過這丫頭畢竟還是遵守校規的國中生，我不禁笑出聲音來。靜靈敏地瞥了我一眼，繼續垂著頭。

「有事情由我負責。好了，既然都醒了就先出去吃頓早餐吧。」

「應該說早午餐才對。」

靜癟起嘴糾正。

竟然在意這種無關緊要的小地方，我該說真不愧是我的姪女嗎？

✣

✣

✣

身為一個偶爾寫寫報紙副刊、沒有固定收入的落魄作家，即使省吃儉用，每隔一段時間還是會出現入不敷出的悲慘情況，例如手邊沒錢偏偏姪女又來度假個三天兩夜的時候。

明明三餐都吃吐司邊度過，每天都泡在圖書館看白書還有喝到飽的白開水，為什麼錢還是會不夠用呢？真是個不解之謎。

儘管滿腹疑問，不過在社會學家或政府官員解決現代社會問題之前，我只能自己想辦法活下去。專心於本職努力寫小說自然是一個辦法，不過即使我沒日沒夜地燃燒生命，最快也需要兩周才能寫完一本小說，更別提投稿之後也不會被錄取，此舉無異於枯魚之肆，必須使用其他非常手段。

以目前的我而言，最快能夠取得生活費的方法就是打電話回老家求救。

從家裡逃出來的不肖子為了錢而打電話回家。

單就這一句話來講我簡直是最底層的人渣，渣滓程度大概僅次於果醬瓶蓋內側的糖漿或是黏在洋芋片包裝底端的屑屑吧？

幸好凡事理性思考是我的優點。現在沒錢，但是需要帶姪女去吃飯，唯一拿到錢的方法是打電話回家，那麼只好打了。理性思考結束，魔鬼和天使連出場的機會也沒有。

踱步在暑氣翻騰的柏油路面，專挑樹蔭前進的我流暢地敲打數字。

「——啊，喂喂？」

「……才想說你好久沒打電話回家了。最近早晚溫差大，晚上睡覺有蓋被子吧？別像以前直接躺著睡，現在自己一個人住要照顧好身體。」

老媽有些無奈的情緒透過擴音器清楚傳來。

「嗯，我知道。」

「那麼這次打電話回來有什麼事情？找到工作了？」

「嗯，有點接近，大概是業餘保姆之類的……妳知道姊姊去關島玩？」

「所以你沒錢帶小靜去吃飯？」真不愧是我媽，話題進展就是快速。「那麼我等等出去時再匯個一萬到你的戶頭。你可別讓小靜三餐都吃泡麵，要讓她多吃點青菜，發育期的孩子最需要注意營養均衡了。」

「嗯嗯，知道。」

「你可以應付吧？明明當初叫姊姊帶回來給我們照顧就好，偏偏她堅持要讓小靜去你那裡住，真不曉得在打什麼算盤，姊姊的性子你也知道，拗起來沒人能夠反對。」

「嘛，姊姊自有打算吧。」

「還不是只能隨她高興？都結婚了卻和小孩子沒兩樣。說到這個，你有空也要回來，已經快要三個月沒回家了吧？」

「啊啊，靜好像有事情在叫我。先這樣，改天再聊。」

察覺到話題逐漸往危險的方向發展，我果斷地拿出姪女當作擋箭牌，迅速結束通話。雖然是短短幾分鐘的閒聊，不過我還是深深體認到家庭愛的偉大之處……接電話的人不是老爸真是太好了。

我一邊慶幸自己的運氣似乎尚未見底，一邊走到視野內的某家便利商店準備領錢。雖然剛才老媽那麼說，不過根據我長年以來累積的經驗，她肯定講完之後就立刻出門匯錢了。

果不其然，螢幕的餘額處顯示出比我想像中多上兩倍的金額。老媽真是慷慨，這麼一來即使三天每餐都吃高級餐廳也綽綽有餘。

✣ ✣ ✣

「……為什麼要跪在地板上。」

由於靜的視線冷淡到連溫室效應也會為之退卻，我只好默默結束感謝母愛的儀式，拍了拍褲管後爽朗地起身說：「事不宜遲，咱們去吃飯吧。」

「啊，原來如此。」

靜貌似領悟什麼似的暗自點頭，不過餓到前胸貼後背的我沒去在意太多，興高采烈地往餐廳前進。

由於吐司邊和特價泡麵的飲食習慣已經持續好一陣子，再次吃到牛肉的我不禁眼眶泛淚、感動地久久無法言語。

真不愧是人類從石器時代就開始追求的油脂。或許我的人生就是為了這個瞬間存在的。啊啊，總算找到機會說出「人生想說一次的台詞第九名」了，不過我很快就因為人生比想像中還要廉價而沮喪不已。

「如果你沒胃口，我就全部吃完了。」

「別想！」

再次振作的我飛快攻向鐵網，將勉強可以吃的半熟牛肉通通掃入碗裡。

「啊！你很幼稚耶！」

「讓我教妳戰場的第一課吧！靜，對於敵人沒有必要留情。」

「我們應該是友軍才對吧？」

「戰場第二課，除了自己之外的人通通是敵人。」

「你還是回房間窩著吧！虧我剛才還認真回應，簡直蠢爆！」

靜一邊抱怨一邊將生肉放到鐵網上整齊排好，然後用蔬菜填滿空位，雖然有些毒舌，不過她還是好孩子。

✥ ✥ ✥

今天因為高中同學的臨時拜託，我跑去代班幫忙搖了一整天的飲料。

乳酸堆積過多的手腕似乎隨時有可能會脫落。如果有公司能夠推出自動搖飲料的機器人一定會大賣。話說回來，明明白天的時候熱到全身水分都快被逼乾了，為什麼夜晚依然這麼熱呢？都已經跑到地球另一面了就稍微怠工一下吧，太陽大人。

身體的外部和內部都受到嚴重損傷的我那時說巧不巧，和一對互相挽著手的高中生情侶擦身而過。我得屏氣凝神才能夠勉強無視掉他們倆自然散發的親熱光暈。單身的人而言光是走在路上都隨時有生命危險啊。如果有人發明「看不見情侶的平光眼鏡」應該會大賣吧？總感覺今天一直在唉嘆科技的進展過慢。藍色貓型機器人何時才會出現呢？ㄤㄤㄤ。

哎呀，居然不小心哼歌了。

看來人類只要有甜食就會感到心情愉快的理論還有點道理。

我瞥了眼右手提著的蛋糕盒。裡面裝著用日薪買的兩塊蒙布朗。光是這樣就感覺一天的疲勞都不翼而飛了。這種買禮物送人的緊張感真是久違，大概是國小以來吧？

雖然偶爾會在姊姊的淫威之下被強迫去偏遠城鎮購買限定商品，不過那個應該不在討論範圍內，換句話說，二十幾年來的現在是我少數擁有送禮對象的珍貴時間。可惡！忽然感覺快哭出來了。

回到二〇一號房時熱氣迎面撲來。這個暫且不論，反正習慣了，然而我訝異發現靜居然沒有捧著書本，而是站在窗邊發呆。

那個自從住下來之後和書本片刻不離身到讓我懷疑她是不是會偷偷吃書的靜居然沒有在看書！看來應該發生大事了！總之這個時候身為成年人的我應該先試著說點幽默的話放鬆氣氛。

「呃……星星很漂亮對吧。」

那瞬間我對自己的口才絕望了。

然而靜依然愣愣地繼續發呆。難不成是搞笑等級太強而產生反效果了嗎？不可能有那種蠢事吧！直到我伸手在靜的面前揮了揮，她才大夢初醒似的呼氣。

「怎麼了？」

「哎我告訴你！剛才有個老爺爺站在路邊拔雜草，我正在想要不要報警的時候那個老爺爺忽然轉頭朝我一笑，用力揮揮手後竟然立刻消失了耶！立刻消失耶！這棟房子會鬧鬼喔？」

「喔，那個大概是房東爺爺吧……話說為什麼妳想報警？」

「我才想問為什麼你這麼冷靜？啊！你認為我在開玩笑嗎？」

被敷衍了事的靜大為憤怒，不過若是她以為我聽完後會尖叫著高高跳起，甚至撞破天花板成為消失在夜空的一顆閃亮星星的話未免太瞧不起現實了，比較起來，蒙布朗要不要盡早吃掉更為重要！

「可惡！我才不會編那種容易被拆穿的謊言……我明明有看到……」

明顯情緒低落的靜鼓起臉頰抱怨。原來她也會有這種表情啊。

「房東爺爺是魔法使啊，可以消失應該不算什麼吧。」

「啥？魔法使？你認真的嗎？白癡啊？」

為什麼明明打算安慰對方的我反而慘遭痛罵？

不解的我一邊深思這個深度的社會問題，一邊恭敬地將蒙布朗好好擺在書桌的正中央，卻忽然注意到滑鼠和昨天睡前最後放的位置不同。

……嗯？總感覺有哪裡不對勁。

靜來寄宿之後不管是短篇散文或者長篇小說，我連一個字都沒有寫，進度始終保持在最原始的數字，滑鼠此刻卻放在正適合右手移動的位置。雖然我不是偵探，不過偵探小說也沒少看過，只要直覺認為有哪裡不對勁就肯定不對勁。

在腦中閃過無數種毫無意義又莫名其妙的猜想之後，我對於自己貧乏的腦漿感到氣餒，無奈之下只好亂猜。

「靜，妳偷看了我的D槽？」

「……幹嘛那麼緊張？裡面又沒有不能見人的東西。」

「D槽可是潘朵拉的盒子啊！」居然矇對了！為什麼這種直覺在買彩券時偏偏沒派上用場！啊啊

不對啦現在不是思考彩券中獎機率的時候！

「……裡面有希望喔？」

「我指的是還沒打開過的狀態！真是的！」

裡面有很多兒童不宜的檔案……咳，我是指寫作資料耶。

「我覺得用『寫作資料』當藉口挺卑鄙的。」

「為什麼妳可以猜到我在想什麼？超能力嗎！妳是超能力者嗎！」

「因為你在某篇副刊的小說內寫過類似的情節。」

靜的語調相當平淡。就像早晨的招呼或是客套的道歉，我卻感受到全身細胞被電流竄過的麻痺感，張大嘴巴久久無法說話。

「我很尊敬你，舅舅。你在副刊連載的小說我每一篇都有看，甚至連發表在網路的投稿試閱也不曾錯過。」一面不改色的靜逕自說了下去。

房間內的空氣似乎瞬間凝滯。

氧氣在貼近地板的高度盤旋，發出細微的嗡嗡聲響。

從房間縫隙傳入的蟲鳴更是令人焦躁。

「筆法不成熟，情節構思亂七八糟，角色個性更是常常崩壞，不過我很尊敬你，因為你願意為了夢想而賭上自己的未來。」

她究竟打算誇我還是貶我？

「正是為了見你一面，為了親眼見識我所尊敬的作家才會來到這個地方。」

這時我遲來地意識到自己動彈不得的原因。

——靜讀過我的文章。

——靜是我的讀者。

——靜既是支持我的恩人同時也是我最大的敵人。她從我的作品理解我內心最深處的想法，明白我想要藉由文字傳達的信念，不僅如此，她也能夠以旁觀者的冷靜角度審視我的作品與我本身。

首次面對這樣的對象，我不僵住才怪。

「見了我之後……又代表什麼？妳到底想做什麼？」

許久之後才從喉嚨硬擠出來的聲音軟弱無力又不明所以，幸好靜依然聽得懂。該說真不愧是我的讀者嗎？

「這是我的宣戰，我一定會成為作家。」

靜的語氣實在太過理所當然，令我一瞬間產生她已經實現承諾的錯覺。

我有多久不曾如此堅定地相信夢想終會實現了？

初次碰觸到夢想碎片的我天真地以為只要努力一定會有收穫。只要每天寫上五個小時、假日寫上十個小時，運氣好在高中時期，運氣再差也會在大學畢業前成為小說家。

然而嘔心瀝血完成的作品在初審就被刷掉了，試著在部落格連載小說卻被網友批評得一文不值，信箱內塞滿「您的作品與本社出版方向不同」的退稿信。隨著寫過的文字數量超過一百萬字、五百萬字甚至一千萬字，我終於明白努力不一定會有回報。

漸漸的，閱讀小說時在意的不是樂趣，而是文脈筆法以及安排劇情的邏輯。看完傑作之後的第一件事不是感動，而是思考伏筆以及結局的寫法。我甚至不再看作者的自我介紹欄位，因為一旦發現作者比自己年輕，湧現的煩躁感和忌妒甚至會令我徹夜難眠。

「妳確定嗎？」

我的聲音在顫抖。

不爭氣地。不服輸地。膽怯地顫抖。

「喜歡閱讀的妳選擇成為作家，表示妳將親手摧毀掉自己最愛的興趣，總有一天會對閱讀感到厭倦。」

「別說傻話了！我怎麼可能會對閱讀感到厭倦，那是我最喜歡的事物。如果能夠將興趣當成工作，肯定是世界上最幸福的事情。」

纖瘦的肩膀微微抖動，視線卻相當純淨率真，發出宣言的嗓音更是堅信不移。

或許靜真的能夠達成她的宣言。

那瞬間我不禁笑了出來，那是久到彷彿已經忘記、能夠將內心溫暖起來的開懷大笑。

事情其實只有這麼簡單。

我明白了早已明白的事情，卻也什麼都不明白，但是我想起來當初整日埋頭寫作的自己臉上是笑著的，和現在的我一樣，於是我伸手抓住靜的頭，用力揉亂頭髮。

「那麼妳就加油吧。」

「不用你說我也會加油，這可是我的人生啊！」

靜臭著一張臉拍掉我的手。

「說的也是。」我依然不停笑著。

夏夜的蟲鳴依然未停歇，在略顯悶熱的空氣中傳遞內心最熾熱的情緒。

「對了，我買了蒙布朗喔。雖然原本想保留到晚餐之後當作點心，不過還是現在來吃吧！」

「……舅舅，即使沒錢，也不能去偷拐搶騙啊。」

「我好好用薪水買的！」

「嗯，我知道了。吃完之後去自首吧，我會陪你的。」

「妳再酸我就沒得吃喔！兩個都是我的！」

「你很幼稚耶！」

這句話可不能當作耳邊風，為了顯示我的成熟，我立刻以堪稱必殺技的速度將蒙布朗的盒子打開然後戳走最上面的兩顆栗子，一口氣放進嘴裡。

「啊啊！最好吃的部分！」

我滿意地邊咬邊看著未來大作家的悔恨表情。總感覺能夠以此做為主題寫出一則精彩的短篇小說，不過我的靈感很快就被踹向腰側的迴旋踢所打散。

喂！別動手動腳的啦！很痛耶！

✣ ✣ ✣

今天是靜回家的日子。

一大清早，被陽光曬醒的我轉了個身，便看見靜屈起膝蓋、坐在床沿專心看著手中的精裝本小說。從封面顏色來看應該是某韓國的知名奇幻冒險大作，而她的腳邊甚至堆著其他集。

走到浴室盥洗結束後，靜依然不動如山地專心於閱讀文字。

「那個量少說也超過一百五十萬字……難不成妳熬夜了？」

靜如夢初醒地抬頭，用半睜的朦朧視線瞄了我一眼。

「我想看這套書很久了，只是家裡附近的圖書館都沒有，雖然考慮過整套買下來不過一口氣十九本實在無法負擔。啊啊，戰犯的反應真的好萌。」

對於戰犯的角色感想暫且不論。

「講一聲我就會借給妳看了，沒必要熬夜吧。」

「你竟然不懂……熬夜看完一整套書的成就感可是人生最棒的享受，看完最後一頁時忽然發現窗外已經天亮了，那種心情其他事情都無法比擬！」

「頂著黑眼圈講這種話的妳超沒說服力的，去睡覺啦。」

貌似腎上腺素分泌過多的靜莫名亢奮，高喊幾句書中的經典台詞之後就繼續埋頭於文字當中。

唉，年輕真好。

夏天清晨的陽光相當和煦。

遠處的積雨雲沿著山脈緩緩向上攀升。

我咬著白吐司，單手撐在電腦桌，凝視湛藍的天空發呆。房間靜得只能聽見蟬聲和翻動紙張的聲響。從窗沿投射而下的陰影以幾乎看不見的速度緩緩挪移。

良久，闔上書本的靜深深吐出一口氣，心滿意足地說：

「那麼，我該回家了。」

「嗯。」

我拿起昨天晚上整理好的小行李箱，和靜一前一後地走出二〇一號房。

「這麼早有車可以搭嗎？」

「我查過了。」

靜向我展現手中的白金色智慧型手機。現代小孩真令人畏懼。雖然我也有一台，不過沒錢繳網路費的手機基本上和摺疊機沒有差異。

當我和靜並肩走到公車站牌後不久，閃爍著紅色目的地的公車便咚嚨、咚嚨地在我們面前緩緩停下。

不必伸手司機也會自動停車，這就是鄉下城鎮的人情味。

「──這幾天謝謝照顧。」

「不用客氣。」我微笑說：「路上小心，到家時替我向姊姊打聲招呼。」

踏上公車前，靜頭也沒回地輕聲說：「舅舅，我會期待你的新作。」

還沒離開就開始給我壓力了，我的姪女真不是蓋的。

對於小說家而言，寫作的最佳動力來源不啻於是有人正在期待自己的作品。當那個人是自己的姪女的時候就更不用說了。

「當然，敬請期待！」

我對著坐在靠窗位置的靜揮手並且這麼說。至於她是否有聽到就不曉得了。

公車在微光當中搖搖晃晃地前進，不久後就消失在街道彼端。

三天的假期到此結束。

寫成文字只佔了一行不到，然而這股充實感或許三年後依然記憶猶新。

「那麼今天差不多該回歸正常生活，開始動筆了，目標我看……就寫個兩萬字吧！挑戰高中時期的最高自我記錄！」

我伸了伸懶腰，在漸趨炎熱的陽光下踱步走回那間擺滿小說、原稿和夢想痕跡的老舊房間。位於晴空莊二〇一號室的我的房間。

第二章　廢柴的我與女友

我與女友共同度過的第一個夏天即將來臨。

準確而言，應該說我與女友共同度過的第一個八月即將來臨。

即使高中生的暑假從七月就開始了，女友卻因為某個親戚的喪禮不得不回到南部老家，我只能待在沒有冷氣的宿舍蹉跎掉無趣的一個月，雖然扣除沒有冷氣這一點，其實我挺喜歡這棟頗有年代的老舊建築物。

東側的牆壁角落爬滿黃金葛，每當下雨的隔天就會出現蝸牛的蹤影。微微鏽蝕的外側樓梯每踏一階就會發出輕微的「咿咿」聲響，令人不禁想要放輕腳步，而每當無事可做的午後，我總會坐在最上層的樓梯，撐著臉頰仰望天空。

我很喜歡那種悠哉的氣氛。

空氣中似乎飄蕩著夏天的粒子，暖暖的、鵝黃色的、順著微風懸浮的粒子。

如果幸福能夠化為實體，大概就是類似的東西吧？

上個暑假的我尚未認識女友，那時幾乎每天都坐在樓梯發呆。

一樓的住戶是位開朗豪爽的大哥，每次見面時他總會向我揮手打招呼。混熟之後時不時會叫我去幫忙照顧菜圃，偶爾將收成的水果蔬菜送給我當作謝禮。那時我才知道原來蔬菜真的可以生吃，而且還超級好吃的！

然而我從去年的中秋節過後就沒再看過大哥。偶爾晚上散步到便利商店買消夜時，一〇一號房的窗戶也總是暗著。

雖然曾經想過找房東爺爺詢問，不過總找不到好時機，之後便不了了之了……雖然主要原因是我被告白了，所有的時間和心神都轉移到女友身上。

女友遠大於其他的一切。

這就是身為高中生的我所悟出的真理。

而且！今天！八月二號！我的女朋友就要回來了！我們也說好要約會了！

真是太令人期待啦啊啊啊痛！

「——唔……撞到頭了。」

高舉手臂的我不小心失去平衡，後腦勺重重撞在牆上。有點擔心單薄的牆壁會被撞出一個洞，不過轉頭察看之後一切並無兩樣，連那塊深褐色的髒汙也依然留在原處。

我再次查看時鐘。五點三十三分。比剛才看的時候多了兩分鐘。

約定的時間是早上九點半，不過待在宿舍也沒事可做，我便決定提早到約定的地方。雖然等待很無聊，不過一旦等待的對象是女友，即使要我從凌晨等到半夜也心甘情願。

啊啊，真是期待。

✣
✣
✣

「——女生選擇男朋友的最重要基準是什麼？」

某次午餐時間，同班的朋友A在福利社排隊等著結帳時滿臉認真地這麼問。

「……臉吧。」

「混帳！別以為自己有女朋友就了不起喔！按照這個說法你被學姊甩掉也是遲早的問題啦！」

自從我和女友開始交往後，朋友A每天都會以各種方式詛咒我們分手，花樣總會翻陳出新，毫無重複。扣除這點，他其實算是個容易相處的好人。

「根據調查，高中時期學弟與學姊情侶的分手機率高達百分之七十三點五九。我建議你最好先做好心理準備。」

即使結帳後走回教室的途中，朋友A的怨懟依然不減反增。被用力捏著的巧克力麵包末端緩緩出現變異。幸好根據物質不變定律，就算他把麵包捏成球也是同樣的味道。應該吧。

很在意巧克力麵包變化的我隨口敷衍。

「那個莫名真實的數據是怎麼回事？誰調查的？」

「我。」

「那不就是毫無可信度的垃圾。」

「放心吧！只要你和學姊分手，我就準備以此作為主題寫出足以獲得諾貝爾心理學獎的論文提交，到時候肯定會震驚學界。」

諾貝爾獎可沒有那個領域喔。

無話可說的我苦笑著搖頭。裝著炒麵的透明塑膠盒發出嘰喳的擠壓聲響。

校舍頂樓的間隙隱約可以看見天空。女友是不是也正在抬頭眺望天空呢？我記得她曾經說過很喜歡望著白雲移動的軌跡打發時間。

女生選擇男朋友的基準到底是什麼？

長相？身高？體型？個性？緣分？直覺？專長？

然而我的長相平凡，沒有任何專長或特技，成績和運動也都不上不下，為什麼女友願意和這樣的我交往呢？這個問題同樣令我困擾許久。畢竟憑她的條件，全校男生應該都任憑挑選才對。

聽完我的疑惑，朋友A無所謂地聳肩。

「我承認學姊很漂亮，不過喜歡那種短髮又男孩子氣的類型應該不太多吧，至少我還是比較喜歡長髮。黑髮婉約的妹子才是王道！」

「你這傢伙想打架嗎！」

「我剛講了那麼久為什麼你只對這點發怒，太奇怪了吧。將來肯定會變成願意為了女友犧牲一切的那種類型。」

願不願意為了女友而活？那不是理所當然的事情嗎。

「——所以，你因為太期待這次約會而熬夜，卻在公車上睡死了，醒來後發現自己在基隆，下一班公車要等很久所以跑去火車站卻搭錯班次，最後只能搭計程車趕來赴約同時也花光身上所有的錢？」

叼著吸管的女友用手指在速食店的可樂杯蓋畫圓圈，冷靜地總結。

身無分文的我捧著女友賞賜的冰淇淋，雖然很渴卻還是小口小口吃著。

家人舉辦葬禮的期間不可以剪頭髮，不過女友向來不是乖乖遵從傳統的個性，齊肩的亂翹短髮還帶著剛剪完的生澀感。她穿著白色的無袖背心、水色圓點的薄外套以及軍用風格的墨綠色短褲。

雖然我對於流行一竅不通，但是她超適合這種風格的衣服。

不禁看傻了眼的我突然和女友四目相對，趕忙低頭道歉。

「對不起……真的很對不起！」

「剛才不是說過我沒有在生氣，別說對不起啦。」

換了個姿勢的女友單手撐住臉頰，半是無奈半是好笑地說：「幸好你醒來時不是在宜蘭，不然就真的變成大冒險了。」

「直達宜蘭的公車不可能有辦法在路邊隨招隨停啦……不對！真的非常抱歉！因為沒錢了所以沒辦法請妳去吃妳想吃的那家早午餐店。」

「說到這個，我手邊剛好有兩張電影票，要去看嗎？」

「……嗯。」

「很好，咱們出發吧。」

女友伸手在塑膠桌一拍，漾起笑容起身。

比陽光更耀眼的笑容、纖瘦細長的手指、左手腕三角骨上的小痣、說謊時用指問捲髮尾的習慣、有話直說的個性，甚至是黏著黑胡椒粒的犬齒和咬得破破爛爛的吸管，各各都令我憐愛萬分。

日本某位文豪曾經這麼說過：「人是為了戀愛與革命而生的。」

那麼我肯定是為了和她相遇，為了和她相戀而生的吧。

✣
✣
✣

「啊啊，真不錯，雖然最後壞人沒死有點可惜，不過也算是好片，飛車追逐的鏡頭切換超帥的。等續集出了我們再一起來看吧，那種結尾我敢跟你打賭百分百會有續集。」

雙手枕在腦後的女友大步走出電影院，興致高昂地發表評論。

對於她理所當然地將我放入自己的未來規劃這點，我高興到差點哭了，導致走過頭才猛然想起自己仍然捧著空爆米花桶和空飲料杯，急忙轉身跑回移動式垃圾桶的位置扔掉。

掛著微笑的女友耐心地站在出口等我。

「肚子也餓了，隨便找家餐廳解決晚餐吧。你想吃什麼？泰式、義大利式、英式還是越南式？」

「那個神奇的選擇題是怎麼回事，我好像可以直接從選項看見菜色……」

「難不成你想要嘗試蒙古式嗎？」

「選妳喜歡的就好。」

很久以後我才偶然在雜誌讀到這種時候男方應該果斷選擇其中一個，轉交給女方決定是最爛的反應。不過女友沒有生氣，只是淺淺地勾起嘴角。

「義大利式的料理吧，正好那邊有家義大利麵店。」

「我覺得將義大利麵當作義大利料理的代表有點失禮就是了，聽說那在義大利算是平民美食。」

「還是選另外一家？我記得附近新開了一家很有名的義大利麵，上次有看過相關的食記，確切地點在……糟糕，腦中只記得食物的照片而已。」

有的時候女友經常會無視我的發言。這也是她的可愛之處。

數十分鐘後，我和女友面對面坐在新開幕的義大利麵店內。稜角造型的水杯反射著不規則的燈光，偏暗的室內迴盪著一股奇妙的氣氛。仔細一看客人幾乎都是情侶，雖然同樣身為擴大情侶比率的我這麼說有些奇怪，不過我一直認為自己和其他情侶有些不同。

即使已經交往了這麼久的時間，每次和女友靠得這麼近時總會令我心跳不已。這樣正常嗎？

女友專心一意地緊盯剛上桌的墨魚義大利麵，正眼也沒有瞧我一眼。

這麼說起來——雖然是無關緊要的改變，不過自從和女友開始交往後，原本堅持女生就該留長髮的我開始喜歡上簡潔俐落的短髮，尤其從髮絲間微微露出的耳朵輪廓更是令我百看不厭。

戀愛真是神奇。

下定某種決心的女友開始用叉子進攻漆黑的麵條。大概很合胃口，只見女友吃了第一口之後便心花怒放地露出笑容。若要為吃到臉頰鼓起的女友打個比方，大概就是倉鼠了。真可愛。

這時倉鼠忽然抬起頭，露出滿嘴漆黑的牙齒和牙齦。

「對了我有沒有跟你講過，前天明明我買了一個布丁冰在冰箱，我妹卻不曉得哪根筋不對，堅持那個布丁是她買的，還不管和我的臨時協議擅自把布丁吃了。」

「所以妳……？」

「還是只能認栽啦，對手是我妹的話也不能對她怎樣。真可惡對吧。」

倉鼠女友將半邊的臉貼在桌面，無奈嘆息。糟糕我忽然好想摸她的頭髮安慰她，但是忽然出手的話她應該會嚇一跳吧？

我努力忍耐住內心的莫名衝動，微笑回應。

「這麼說起來我和我弟好像也發生過類似的事情，只不過吵的東西不是布丁而是塑膠的小公仔。」

「喔？你有弟弟啊？怎麼從來沒聽你說過？」

「應該是妳忘記了吧……」

女友忽然一掌貼在我的臉頰，用力將我的臉扳到她面前。我們的鼻尖幾乎要碰在一起。她的睫毛真長！

「你只要遇到不想講的話題都會向左邊移開視線，想騙我還早了一千年呢！你和弟弟之間發生過什麼事情？同父異母的糾葛嗎？雙胞胎兄弟的心理平衡問題嗎？還是以前搶同一個女孩子卻搶輸了？」

「妳莫名其妙的連續劇看太多了啦。」

我努力推開女友的臉頰。軟軟的摸起來真舒服。不過她卻一動也不動。真不愧是籃球校隊的正規成員，腕力非比尋常。

「快點說。」

「真的沒什麼啦……」

「信不信我可以在三分鐘內將你屈打成招。」

「好啦我講。」話說她真的知道那句成語的意思嗎？女友的學業成績相當亮眼，唯一的小缺點就是很不擅長文言文和成語俗諺。

得到想要的答覆，女友滿意地將注意力移回食物。

「我和我弟的感情雖然稱不上超級融洽，不過也還好啦，大概就是普通水準。只不過他很擅長讀書，而我的情況妳也知道，就算讀了很久還是連及格分數都很難攀著。」

女友不知不覺間放下叉子，挺起脊背，專心聆聽。

「妳其實不用這麼嚴肅啦……只是父母偶爾會說出比較我和我弟的話，雖然知道他們沒有惡意，不過我還是有些無法忍受，正好那時看見有間老舊宿舍正在招住戶，再加上房租相當低，升上高中後我就半擅自地搬出來了。」

「……你有時也挺大膽的。」

「嗯？」

「然而實際上果然什麼也沒在想，雖然這個也在預料之內。」

女友用手指轉著叉子，咧嘴露出黑漆漆的笑容。

「等會兒要不要去晴空莊晃晃，是叫這個名字對吧？我也想見見你平時生活的地方。」

「……那裡真的很破爛喔！」

我不得不事先聲明。

一小時後，女友對著爬滿藤蔓植物的外牆高聲讚嘆，興奮地在原地蹦上跳下的。我們剛才在吃義大利麵都沒有拍照了，現在卻特地來拍一棟隨時倒掉也不奇怪的建築物外牆會不會有點奇怪？

最近的女高中生都這樣嗎？

數十分鐘後，進到房間的女友環顧一圈，平靜開口。

「挺整潔的。」

可惡！這種和外牆感想的反差感實在令人感到挫敗。

在宿舍以彼此的弟妹為主題閒聊了好一會兒，女友就準備回去了。

當我起身時才遲來地發現窗戶沾滿水珠。

沉悶的聲響從四面八方傳來。

「——咦？下雨了？」

「不管雨勢多大，只要內心的火焰沒有熄滅就沒問題。」

有的時候女友總會說些奇怪的事情，不過因為很可愛，所以沒問題。

樂觀的女友無所謂地借了一把雨傘就踏出房間，不過她連晴空莊的庭院都還沒走出去，全身淋濕的面積已經超過百分之六十。傘柄更是被強風吹折了。

「放棄放棄，這個絕對沒辦法。」

女友乾脆地退回屋簷，擰著襯衫下擺開始替自己脫水。紅色的摺疊傘歪歪地放在牆邊。雨水順著她半透明的無袖背心流下，從手腕關節滴落，不一會兒就在地板積出小水窪。

「只好先等雨變小再說。」

「……也只能這麼辦了，妳要先回房間嗎？」

「感覺是不洗澡不行的潮濕程度。不過沒有衣服耶，怎辦。」

雖然對於最後說出怎麼辦卻以肯定句結尾的女友感到納悶，姑且先退回二樓房間門口的我和女友並肩站在走廊，望著眼前的滂沱大雨。視野所及的景物都被染成濛濛的灰色。

「諾亞當初從方舟看見的景象應該和現在差不多吧。」

女友出神地眺望雨勢，然後打了一個小噴嚏。

「總之先進去洗澡吧，不然會感冒。」我有些著急地催促。

「咦，但是我還想再看一會兒。」

這時階梯處傳來腳步聲。只見穿著鮮黃色雨衣的房東爺爺大步走上二樓，他瞥了我和女友一眼，說了句「雖然颱風會激起內心的冒險之心，不過這種時間最好還是別外出喔」就匆匆往頂樓走去。

「咦？有颱風嗎？」

「這麼說起來昨天好像看過類似的新聞。」相較於滿臉訝異的我，女友偏著頭說：「記得是傍晚登陸對吧？颱風的名字好像還挺可愛的。」

「既然妳知道為什麼不將約會改期？」

「因為我想和你見面啊。」女友理所當然地微微嘟嘴。

被火箭炮迎面砲轟的殺傷力或許還比這句話輕微，害羞到快要死掉的我雙手摀住臉頰，不敢和女友面對面。這時階梯處再次傳來啪答啪答的腳步聲。再次走回二樓的房東爺爺疲憊地甩著手掌。

「上面發生什麼事了嗎？」

「沒什麼，只是檢查一下水塔的狀態順便巡視親愛的弟子們，以免有人趁著狂風暴雨偷偷跑出去冒險。」

不，晴空莊的住戶至少都是高中生了，沒有人會因為那麼無聊的理由冒著風雨跑出去吧，又不是頭殼壞掉。

房東爺爺拉直雨衣，做了個流暢的行禮姿勢。

「對了，剛才沒有問。請問這位是女朋友嗎？」

「初次見面。你好。」女友頗有禮貌地鞠躬說：「我常常聽他提到這座公寓的事情，雖然今天初次來訪，不過真是一個很棒的地方。」

社交辭令也如此完美，真不愧是我的女友。我不禁自豪地挺起胸口。

「當然，畢竟是我建造的公寓啊。」心情一下子大好的房東爺爺問：「妳現在要回家嗎？」

「原本是這麼打算的，不過目前這個雨勢有點……」

女友無奈擰著衣襬。水流頓時像小瀑布似的流下。

「剛才稍微踏出庭院就變成這副模樣了。」

「這種天氣就算搭計程車也很危險，最好待在室內。家長那邊交給我去連絡就好了，妳今天就好好地在這裡休息吧。」

房東爺爺拍著胸脯保證。一般而言應該會堅持送女生回家才對吧？

「嗯……那麼我就在此叨擾一晚了。」

「別客氣別客氣，當作是自己家吧。」

房東爺爺拿著寫有女友家裡電話的紙條，大步走回位於對街的房子。我這才看到房東爺爺的雨衣後面印著一隻咧嘴大笑的青蛙卡通人物。

「真是位有趣的房東。」女友若有所思地發呆片刻，接著說：「那麼今晚就住你房間囉。」

「咦？喔，就那樣吧。」

尚未澈底理解這個事實的我點點頭，和女友一前一後進入房間。

天花板某處不間斷地發出咿啞、咿啞的聲響。

真擔心這棟老舊的建築物能不能撐過這場颱風。加油吧！晴空莊！

渾身濕透的女友貌似想學小動物抖動身體、甩乾自己，不過瞥了眼身旁的我之後就默默地問「有沒有毛巾？」，低頭走進浴室。至於我則是正襟危坐地待在書桌前，聆聽幾步遠的浴室傳出的陣陣淋浴水聲。

為什麼任何一本戀愛教學手冊都沒有對於「女朋友淋浴時的水聲」做出詳細解釋呢？這個可是超級實際的大難題耶！

我該做何反應才好？

按照中午看的那齣電影，我該去詢問水溫然後藉故闖進浴室嗎……我想自己還是冷靜點好了。

最後受不了內心煎熬的我選擇去走廊待著。

驟雨和狂風讓我幾乎看不清夜空的模樣，然而感覺似乎伸出手就能夠碰到夜空的頂端。如此浪漫的念頭真不像我的腦袋會出現的想法，果然剛才「女友淋浴事件」的破壞力太強大了。

一直發呆也不是辦法，聽說女生洗澡至少都得花上一個小時。

為了消磨時間，我撥打了朋友A的電話。

「——喂，你在幹嘛？」

「颱風天還能幹嘛？不就打電動。怎麼？你是家裡斷電了沒事幹才打電話給我嗎？這種時候就該打給女朋友親親我我地煲電話粥啊混帳傢伙！」

朋友A還是老樣子每三句話就自顧自地扯到這個話題然後發飆，知道他一如往常我就安心了。

「沒辦法啦，她在洗澡。」

「哈哈哈！我告訴你吧！根據調查，女生說去洗澡的時候只有百分之十五的機率是真正去洗澡，而有百分之五十八的機率則是覺得『哎呀這傢伙好纏人隨便想個藉口打發掉他吧呵呵呵』，活該！」

朋友A忽然情緒大漲，音量大到我以為他把頭埋到話筒裡大喊了。

「順帶一提，當網路聊天時出現『XDDD』的時候也是同理，代表你們之間沒可能了。」

「調查數據又是你一個人？」

「是隨機訪問我一百個熟人的結果，雖然八成的人都拒絕回答。」

「和以往一樣毫無可信度不是嗎。」我無奈嘆息：「而且學姊是真的去洗澡啦，她才不會騙我。」

「你又知道了。」朋友A的語氣自信到讓我有點想打他。

「我親眼看她進去洗的，怎麼可能騙我。不然她在浴室有其他事情好做嗎？」

「……啥？等等！慢著！你這該死的現充剛才說了什麼？你和學姊已經進展到那一步了嗎？我告訴你那可是違法的喔喔喔喔喔喔——喀哩咚碰！」

從聲音判斷朋友A的手機應該掉到地面了。我體諒他應該想暫時哀悼可憐的手機沒有心情陪我閒扯，於是乾脆地結束通話。

風雨有越來越大的趨勢，即使站在走廊內也可以感受到冰涼雨絲。

「——吶，吹風機放哪？」

女友忽然開門探頭問。

短髮的末端滴著水珠。或許是因為剛洗完澡的緣故，她的臉頰比往常還要紅嫩。以前在國文看過「出水芙蓉」的形容詞，大概指的正是這種情況吧。我可能再次墜入愛河了。

「喲西喲西，你還醒著嗎？」

女友伸手在面前揮了揮。我猛然發現她穿著我的襯衫。過大的袖口只露出半截手指。這個不正是所有男生的夢想「男友襯衫」嗎！糟糕不行了！我太幸福了！即使現在死掉我也毫無遺憾了！擔心鼻血會流出來的我急忙用雙手捂住鼻子，卻不小心踩到毛巾滴落的水漬，重心往後滑連帶讓後腦杓狠狠撞上外側欄杆，發出清脆的撞擊聲。

會有「清脆的聲響」是不是表示我的腦袋空空如也呢？

「你在搞什麼？真是不小心。」

露出寵溺微笑的女友伸手拉我起身。她的掌心柔軟且溫熱。

✣ ✣ ✣

第一次約會的事情我至今仍然記得很清楚。

女友向我告白之後的第一個星期日，我們約好那天要去約會。

對於約會的行程，女友只是瀟灑地說了句「全部交給你安排」。沒有女友的時間等於年齡的我那幾天可是忙得昏天暗地，翻遍網路和雜誌尋找所有關於初次約會該注意的事項，甚至買了筆記本寫了滿滿好幾頁的重點。

那天女友穿著吊帶牛仔褲和胸口印有巨大愛心的襯衫，棒球帽邊緣露出亂翹的頭髮，一副這就是她平時假日的打扮。與之相比，我身上的新襯衫甚至帶著摺痕。

「挺帥的嘛，果然男生只要穿上襯衫就會變得成熟。」

女友滿意地點頭讚許，然而感覺只是硬將身體塞到襯衫內的我除了苦笑之外還是苦笑。

我們選在速食店的樓下集合。對於假日聚集在這裡的眾多少年少女而言，應該是個約定成俗的集合地點，只可惜我錯估了氣溫的殘酷之處。習慣捷運冷氣的女友一踏出室外就被擊倒，當她拖著腳步抵達集合地點的時候已經氣若游絲，我們只好先轉移陣地到有冷氣的二樓避難。

「啊啊，復活了復活了，果然冷氣是不可或缺的文明利器。」

女友抓著領口邊搧風邊說。

殘留些許汗水的皮膚閃閃發光。

速食店有一種獨特氣氛，會令人覺得時間過得相當緩慢。

落地窗外少年少女們正在炎天下謳歌青春，揮灑著汗水、時間和戀心。

盯著女友專注眼神發呆的我、以及自顧自用薯條和番茄醬作畫的女友。等到回過神來，我們才發現已經錯過電影放映時間很久了。

由於女友並沒有想要去其他地方，再加上離開冷氣房需要極大的毅力，我們最後便在店內閒聊直到夕陽西落。那張以番茄醬畫的「吶喊」名作現在依然留在我的手機相簿。撐著臉頰的女友以「真有你的風格」作為第一次約會的感想。

之後我們就很常在速食店約會。

若問我第一次約會最深刻的印象，我會回答：「女友習慣將吸管咬得破破爛爛的這點很可愛」。從那天起，我暗中發誓自己會永遠保護眼前的女孩。雖然是很老套又稀鬆平常的心願，不過對於廢柴的我而言已經是一項艱難的任務了。

✣ ✣ ✣

女友不喜歡使用線上社群軟體，對於電子遊戲也沒有太大的興趣，之前曾經因為朋友推薦而下載一款益智型遊戲，似乎不到三天就刪除了。每次聽見同學抱怨約會的時候對方花在手機上的時間比聊天還多，我就不禁慶幸我和女友之間沒有這方面的問題。

待在房間內的我們決定聊勝於無地玩心臟病打發時間。

數分鐘後，我首次發現女友的反射神經強到不可思議的地步。我還在思考的時候她的手掌就已經拍到地板了，玩到就最後反而變成我觀察女友出手的瞬間再出手的嶄新遊戲。

「——很好！九十九連勝！」

話雖如此，女友的速度依然不是蓋的。我的連敗紀錄不停刷新。

「如果我達到一百連勝會有什麼獎勵？」

「咦？」我愣了下，這時女友在翻牌的瞬間揮出右手。

在手掌拍出清脆聲響的瞬間，室內的光線忽然一個閃爍接著瞬間轉黑。

「咦？我揮出的氣壓把燈打壞了？」

「怎麼可能，是停電吧。」

摸黑走到窗邊的我踮起腳尖眺望，只見遠處皆是一片漆黑，原本應該在右下角努力發光的便利商店招牌也陷入黑暗當中無法辨識。

「原來是停電喔。」

莫名情緒低落的女友拿出手機，用螢幕的光線充當緊急照明。

相較於冷靜的女友，隔壁猛然傳來一陣毀天滅地似的轟然巨響。即使突然有暴龍穿越蟲洞降落在隔壁地板也不至於發出那種聲音吧？

「……你要去關心一下你的鄰居嗎？」

「他已經是社會人士了，應該不會有大問題才對。」

雖然我從來沒看過他穿著正式衣服去上班的模樣就是了。

「好吧，既然你都這麼說了。」

女友聳聳肩，不再多說。不過我知道她和大剌剌的外表相反，其實很在意旁人的心情和觀感，心思細膩的程度媲美球藻，一旦疏於照顧很快就會死掉。

停電時總會覺得時間帶著一種難以言喻的奇妙感覺。

垂直放在地板上的手機照出兩個被放大的影子。

即使臉蛋有大半被陰影覆蓋，依然不減女友的可愛程度。雖然我甘之如飴，然而偶爾仍會覺得戀愛這種疾病令人畏懼。

接著房門忽然被敲得咚咚作響。這個不是恐怖片當中的經典橋段嗎？

「你忽然在衣櫃找什麼？不去開門嗎？」

「咦？呃，我想說至少找個東西防身……」

「為什麼？」

貌似不看恐怖片的女友疑惑發問，對此我總不能回答「擊殺用吧」。

「總之我去開門囉。」

我來不及反對，女友就愉快走到玄關，喀嚓地推開鐵門。

只見依然穿著青蛙雨衣的房東爺爺出現在門口。不是戴著白骨面具的瘋狂殺人狂真是太好了。

「請問有什麼事情嗎？」我小跑步過去問。

「來菜圃幫忙固定塑膠帆布。」

「……咦？現在嗎？」

「當然。要不是一號房的弟子陣亡了，本來也打算去叫他來幫忙的。」

「請問我的鄰居發生什麼事情了嗎？」

「看起來是停電的時候正在洗澡，為了找手電筒走出來卻滑倒，頭髮滿是泡泡的狀態倒在玄關。不過現在是夏天，應該不會感冒才對，暫時沒管他了。」

感覺悽慘程度遠高於我剛才的白癡想像。在內心短暫地為隔壁房的房客默哀數秒，我從衣櫃下層的抽屜拿出雨衣，匆匆忙忙地穿好後就要往外走。

「我也去。」

「妳在房間待著比較好吧……」

「沒關係，我正嫌停電後什麼事情都不能做很無聊呢。你有多的雨衣嗎？」

「有是有啦。」

「給我。」

拗不過女友的我只好妥協。她俐落穿上雨衣，右手從袖子伸出的影像帥氣到都能夠放大截圖當作手機的待機畫面了。

「……你幹嘛拿手機出來？」

「咦？呃，這個，沒什麼了啦。」

我急忙將手機放回桌上。深深體會到職業攝影師的厲害之處。

當我走出安全區域的瞬間，雨水以媲美衝鋒槍的速度直擊身體的每一個部位。如果這是戰場大概已經陣亡了。

這麼說起來，上次陪女友看的電影內說過軍人會在脖子和腳踝掛著寫有姓名的名牌，如果在戰場被炸成兩半事後依然可以辨認屍體。為什麼現在會突然想起這件事情呢？大概和此刻的心情脫不了關係吧。

「喔喔喔雨好大光講話嘴巴都快淹水了哇嗚喔呀。」

我直接將手遮在女友的嘴前，無奈勸告：「別喝雨水啦，不曉得有沒有被汙染耶。」

「時代真的不同了。回想我們小時候，每當下雨時總會含顆硬糖在嘴裡，只要抬頭喝雨水就等於在喝果汁。我個人很推薦葡萄口味。」

不可能有那種蠢事吧。我無奈看著女友興致勃勃的表情，開始思考如果下次雨天時她仰頭對著天空張開嘴巴該說什麼才能夠阻止她。

「走吧，得盡快保護好可愛的蔬菜們。」

房東爺爺從牆腳搬起一大捆灰色帆布，站穩馬步試圖解開麻繩。不過綁得死緊又沾了水的麻繩似乎難以輕易解開，見狀，女友從口袋拿出美工刀，使盡割了幾刀，帆布這才順從物理定律往前攤開。

「……為什麼妳會隨身攜帶刀械？」

「想說可能會發生這種情況就先從你的桌上借來了嗚哇喔就連正常講話嘴巴也會淹水耶嘎喔噗咳咳咳——」

所以不是叫妳別玩了，這下不是嗆到了。我無奈地拍著女友的背。

「很好！東邊和西邊的角就交給你們兩個了！一起搬到菜圃旁邊喔！聽我的號令，嘿唷！」

「不，等等！方位和那個詭異的號令是怎麼決定的暫且不管，北邊和南邊的角誰負責？」我看著長寬可能超過十公尺的巨大帆布，提出疑問。

「相信房東爺爺我吧，總會有辦法的。」

「不可能吧！南和北是垂直的耶！要怎麼個搬法才能同時搬啦？」

「我們就相信房東爺爺吧哇喔噗咳咳咳——」

就在如此的混亂情況下，我們姑且還是順利將帆布搬運到菜圃邊緣，不過如何在不壓到蔬菜的前提下將帆布蓋在上頭才是關鍵。

「嘿呀！」房東爺爺扭腰將帆布往外甩。彷彿披薩職人似的，帆布竟然澈底攤開往外飛旋並且緩緩罩在菜圃上方的位置。

房東爺爺好帥啊！

「就是現在！固定住四個角！」

「好的！」

「啊、啊……知道了。」

我和女友各自跑向帆布的角。沾了水的帆布相當滑，重量更不是開玩笑的。當初為什麼不買比較小塊的？我不斷思考這個問題，一邊擔心手腕會不會骨折。

「用力拉緊！在我綁好之前不要鬆手！」

「喔……好。」快要被吹飛的我努力站穩腳步，卻一滑而差點跌倒，低頭才發現膝蓋以下完全是汙泥狀態。雖然也很在意女友的情況，不過此刻我自顧不暇，連往旁邊瞥上一眼的力氣也沒有，只好相信女友身為籃球隊正規隊員的體力。

等到我們終於將帆布釘得密不透風時才移動回屋簷，即使穿著雨衣，裡面的衣服也濕透了。這件雨衣根本是設計不良的瑕疵品嘛！

「……早知道裡面就不穿了。」

一旁的女友似乎在自言自語著某些驚世駭俗的言論，自動開啟保護模式的耳朵努力屏蔽掉以維持理智。

房東爺爺以爬蟲類脫殼的彆扭方式脫掉雨衣，爽朗地甩動溼透的頭髮說：「幫大忙了。如果作物被吹壞的話暑假後就沒辦法舉辦烤肉大會了。」

「咦！烤肉大會！我想來我想來！」

相較於興致勃勃的女友，我遲疑地提出疑問。

「去年沒有舉辦過那種大會吧……」

「因為今年是第一屆啊！所有住戶強制參加喔，到時候有件值得慶祝的事情。」房東爺爺說得理所當然，然而我根本不曾見過晴空莊的所有住戶齊聚一堂的模樣。烤肉大會真的辦得起來嗎？

「洗好澡後來屋子一趟吧，請你們吃老夫親手料理的豪華消夜。」

為什麼忽然用這種奇怪的自稱詞？

「謝謝爺爺！我們會速戰速決！要等我們喔！」

女友勾住我的手臂，高興地衝向樓梯，然後途中踩到水坑兩個人感情很好的一起滑倒。還好穿著雨衣。

在爬起來的時候腦袋很不爭氣地想到「太好了！按照這個劇情發展！接下來就是兩個人一起洗澡了！」，不過現實果然很嚴峻，壓根沒有這個想法的女友回到房間後隨手從衣櫃抓了一套衣服之後就把我推出房門。

「要洗快一點喔，我肚子很餓，如果出來後沒看見你就自己先出發了。」

「咦？認真的嗎？不等我？」

「當然。」

於是我愣愣看著房門關起。隱約可以聽見女友愉快的哼歌聲。在狂風暴雨的背景音樂下望著房門發呆好幾秒，默默打了個噴嚏的我只好去向隔壁住戶借浴室。

擔心會被拒絕，所以我的態度相當卑微，只差沒有下跪拜託。幸好對方是個好人，稍微聽完情況就讓我進入房間沖澡，因此我也假裝沒有注意到他額頭的突兀腫包和髮尾的白色洗髮乳泡泡。

為了不讓女友先跑走，況且在其他人房間洗太久也不太好意思，我稍微沖熱身體之後就當作洗完了。向隔壁的好人大哥道謝後，我匆匆離開房間，不料剛打開門就看見髮尾還沾著水滴的女友背靠著欄杆，悠哉地偏頭望著雨勢發呆。

「妳真的洗很快耶。」

「因為很餓。」

雖然有點答非所問，不過總可以理解她的意思。

「……妳剛才沒有喝雨水吧？」

「怎麼可能，你房間又沒有硬糖。」問題不在那裡吧？

就結論而言，我因為女友最後還是有等我而開心到快哭了。之後我們倆一起撐傘，再次穿越暴雨區抵達房東爺爺的房子門口。若將雨水比喻為子彈而這不到十公尺的距離比喻為戰場的話，我和女友肯定已經雙雙陣亡了。

我不禁想問剛才洗澡的意義何在。

不曉得前門是不是裝有監視器，我們剛走到門口便聽見房東爺爺的聲音：「進來吧，門沒鎖。」

「我們來打擾了！」女友颯爽地推門而入。

房東爺爺的房子還是老樣子，從玄關就堆滿平時只有在博物館或是古董店才有機會看到的雜物。卻只見女友雙眼發光地到處打量房子內的各種詭異物品。這麼說起來，她似乎提過高中畢業後想去復活節島看摩艾像，或是去紐西蘭看奧斯卡線。原來她還挺喜歡這種神祕的景點。

我是不是現在該開始打工存錢，等畢業之後帶女友飛一趟南美洲？

房東爺爺興奮地端出熱騰騰的三碗泡麵。托盤的邊緣畫著華麗金色紋路。在這種無關緊要的小地方下功夫也很有房東爺爺的風格。

「全部都是我手工製作的喔。」房東爺爺得意地說。

咦？原來不是泡麵喔？

「喔喔！我就想說這麵條怎麼如此有嚼勁！」

「妳真識貨！我可是混了三種不同麵粉才做出這種特製麵條！」

女友和房東爺爺聊得不亦樂乎，缺乏味覺細胞和形容詞天賦的我默默吸著麵條。嗯，真好吃。

話雖如此，在盛夏的晚上吃拉麵未免有些嚴峻。不一會兒我就已經面紅耳赤、汗流浹背，然而房東爺爺的屋子和晴空莊一樣都沒裝冷氣，真是環保愛地球的典範。

由於打開窗戶就會吹進暴雨，不斷擦汗的我們在密閉的室內空間吃完熱騰騰的宵夜，接著女友彷彿將客廳當做自己家似的愜意地伸直雙腿放鬆，發出貓咪似的嗚耶聲。他們的話題也從拉麵延伸成魔法土偶。在自製麵條和魔法師用土捏成的自動人偶之間究竟發生了什麼樣的化學變化，即使從頭旁聽到尾的我也實在不明白。畢竟我是一類組，對於理科一竅不通。

「——所以說，只要在砂石黏土內混入一定比例的紫羅蘭葉、茱萸花蜜和蒲公英花瓣，製作出來的魔偶就會擁有較高程度的智力嗎？」

「理論上確實如此，不過我比較偏好使用雛菊花瓣代替蒲公英花瓣。」

「我家對面的鄰居正好有種雛菊耶！」

我就說吧。普通人窮其一生或許也不會使用到這些詞彙，那麼在短時間內吸收並活用的女友究竟是何許人物？真是佩服。

「如果加入曬乾的柚子皮，魔偶會染上微微的香味，附帶會有驅蟲和芳香的效果。」那就只是個單純的室內芳香劑吧？幹嘛取那種莫名奇妙的名稱？

認真拿出紙筆記錄完畢的女友滿意地看著自己的字跡，忽然抬眸說：「吶，爺爺，我下學期也想搬來這裡住耶，房租一個月多少？」

「晴空莊可不是想住就可以住的喔。」

房東爺爺故作高深地耍帥。如果他的牙齒沒有黏著蔥末我想效果會更好。善良的女友沒有戳破，興致勃勃地追問：「難不成有什麼特別的入住條件嗎？」

「當然，畢竟這可是我親自設計的建築物，在國內外都享有盛名，每天都有數十個人申請想要入住呢。」

幾乎有一半的房間都沒租出去吧……

「我可以去打工賺房租，只要房東爺爺點頭，甚至可以在三天內搬進來！」

「很可惜，妳不符合資格。」房東爺爺平靜卻果斷地打斷女友，微笑說：「妳在晴空莊之外能夠學到的事情比待在這裡還多，所以不能讓妳住進來。」

雖然是個莫名其妙的理由，不過表示我的學習能力很差嗎？然而女友卻沒有反駁，只是像融化的史萊姆一樣整個人癱在地板唉聲歎氣。她真的這麼想住在晴空莊嗎？

「那麼天色也晚了。你們倆回去時要注意安全喔。碗盤放著讓我收就好。」

「謝謝爺爺！」

房東爺爺和藹地陪我們走出客廳，接著忽然兩個小跳躍跑到最後面的房間，神祕兮兮地招手。

「弟子你稍微過來廚房一下，有些祕密的事情要講。」

「那麼我先去玄關等你喔。我正好想好好研究一下擺在鞋櫃旁的石像，你們可以慢慢聊。」女友颯爽說完，一溜煙地跑到玄關了。

「活力十足比什麼都好。」房東爺爺頷首說：「吶，你很喜歡那女孩對吧。」

「畢、畢竟是我的女朋友吧！當然喜歡耶！」

由於被小小嚇到了，我在語尾助詞的運用上稍微陷入混亂。幸好依然可以溝通，中文的奧妙之處真偉大。

「能夠遇見彼此喜歡的人本身就是一件奇蹟，你可要好好珍惜現在這段時光，別讓奇蹟溜走，否則之後的日子你將會不停追尋失去的奇蹟而浪費掉生活中許多美好的事物。」

房東爺爺忽然拋出好一段只有在偶像劇劇情高潮時才會聽見的台詞。應該吧？其實我不太常看偶像劇。不過原來房東爺爺對這種事情很感興趣嗎？

「當初先告白的人是誰？」

咦？我非得在流理臺前向房東爺爺坦白酸酸甜甜的青春回憶嗎？

「是你嗎？不過就我看來你應該是被告白的類型耶，所以是誰先的？」

房東爺爺鍥而不捨地追問，我只好聳肩坦承。

「呃……告白的人是學姊。」

結果還是講了。我很不會應付強勢的人啊。

房東爺爺忽然拍了下我的肩膀，正色說：

「女孩子可是很嚮往『被告白』這件事情，即使已經在交往了，最好還是找個機會再次向她告白一次喔。」

「那樣很奇怪吧？」

「不然乾脆先分手一次再告白。」

「那樣更奇怪吧！為什麼要向女友證明我的愛意之前必須先分手啊？」

「也是啦！」房東爺爺大笑著說：「總之對著喜歡的人不管傾訴多少次愛意都不足夠，既然如此，不如每天都告白一次吧。青春短暫，盡情戀愛吧少年！」

我們的對話以這句莫名其妙的口號結束。

話說我已經在戀愛了啊，房東爺爺到底想要表達什麼？

等到我回到玄關時，急忙先低頭道歉。

「抱歉，讓妳久等了。」

「嗯？不會啊，你們只講了兩、三句話而已吧。」

幾乎要將臉頰貼到石像的女友不甚在意地揮揮手。看來她相當中意那個奇形怪狀的石像耶……改天問問看房東爺爺要不要賣給我，再送給女友當作驚喜禮物吧。

雖然按照房東爺爺的個性，可能會要我幫忙整理藥草代替付錢。

「——太好了，風雨總算變小了。」

「真的，我可不想一天內洗第三次澡。」

回到房間之後，我原本以為累壞了的女友會立刻去盥洗準備睡覺，不過她卻靠著床鋪坐下，用腳跟咚咚咚地敲著地板。良久才妥協地自言自語。

「算了，只要我常常來找你，和住在這裡也差不多。」

「如果妳願意來我當然是歡迎至極。」

原來她安靜那麼久就是在考慮這件事情喔。

風偶爾會從窗戶的縫隙透入。發現每當窗框發出喀喀喀的聲響時女友總會微微皺眉看向窗戶之後，我認命地從衣櫃抽屜拿出舊報紙準備塞住縫隙，隔絕噪音。

也不曉得是剛才太累或是打擊太大，向來會興沖沖來幫忙的女友只是懶洋洋地在地板滾過來又滾過去。如果哪家公司願意推出這麼可愛的地板清潔機器人，我一定二話不說先訂個十組。

「那邊塞得不夠多喔。」「還是有點風。」「嗯……完美了，這樣就可以了。」

在女友的口頭指揮之下，我順利完成晴空莊二〇三號房的簡易補強工程。用手背擦去額頭的汗水，滿意審視成果的我忽然發現時間已經超過兩點了，再不睡明早……好像也不會怎樣。高中生萬歲！暑假萬歲！

「——吶，跟我說說關於你的前女友的事情吧。」

嚇了一跳的我差點把高舉歡呼的手拿去撞天花板。

前任的相關話題在任何一本戀愛雜誌都被列為地雷，而且還是會一路爆向分手結局的大地雷。但是女友卻親自用右腳重重地踩上去。

和女友對視數秒，我用微微發抖的聲音據實以告：

「我之前從來沒交過女朋友，妳是第一個。」

「單純只是因為你沒有告白吧。」

女友平靜的嗓音彷彿看透一切。

然而事實誠如她所言，即使有喜歡的女生，我也不會告白。

我沒勇氣告白。

我就是這樣一個膽小鬼。

國中的時候，我有一個很在意的女生。

那女孩總是待在自己的座位看書。某次我故意將鉛筆掉在女孩的桌子旁，好趁機偷看書名。雖然現在已經忘記了，不過至少記得是相當高深的西洋文學作品。

我曾經特地去圖書館借了類似的小說，卻只讀了幾頁就放棄了。

結果直到畢業那天，我依然沒有勇氣向她搭話。

甚至擅自認定所謂的單戀大概就是這麼一回事吧。

單方面的擅自開始，單方面的擅自結束，甚至連對方都不曉得自己的心意。

「……那個女生叫什麼名字？」

「咦？連這個都要說啊？」

「算了，當我沒問。」女友微微鼓起臉頰，移動到床鋪上抱著膝蓋開始發呆。

雖然不明所以，不過如果暗戀對象的話題可以到此結束自然是謝天謝地。我從衣櫥拿出預備用的薄棉被在地板打地鋪。

窗外風雨交加。可以看見我們努力搭好的帆布正在劇烈震動。別輸給風雨，加油啊。

「——真希望帆布可以加油一點。」女友輕聲說。

我的胸口不禁緊揪了一下。

就像這樣，偶爾和女友一起想到相同的事情時，總會覺得互相重疊的腦波很浪漫。會這麼想的人只有我嗎？

颱風似乎沒有停歇的跡象，在窗外盡情肆虐。塞著舊報紙的窗軌喀啦、喀拉地作響。從我的位置可以隱約瞥見女友的手肘。如果一直盯著她的手肘會做什麼夢呢？

✣ ✣ ✣

隔天，我因為額頭撞到牆壁而痛醒。

如果今後有機會做一份「最不舒服的起床方式」的人生回憶清單，我會考慮將這項列入前三名。話說回來，伸手可及的地方睡著喜歡的女生，怎麼可能安然入睡！畢竟我可是思春期……咳，青春期的少年啊！

然而雙手摀住額頭的我意外瞥見身旁的景象時，不悅的情緒立刻煙消雲散。

亂翹的瀏海。

微微張開的嘴巴。

幸福的表情。

女友軟綿綿的臉頰幾乎全部陷入枕頭內。沒想到竟然能夠在高中時期看見女友的睡臉。我甚至已經做好結婚之後才有辦法看見睡臉的覺悟了。人生果然處處充滿驚喜啊！

女友幸福地轉了個身，呢喃著不成語調的夢話。

……糟糕，好想戳她的臉頰。

雖然這只是個無傷大雅的小玩笑，不過我總覺得做完後會產生罪惡感，手指遲遲無法推進。最後只好離開房間到走廊吹風，冷靜腦袋。我似乎逐漸產生往走廊跑的傾向了，昆蟲的趨光性也是差不多的東西嗎？

喧騰一整晚的風雨不曉得何時停了，儘管天空依然布滿雲層，卻也從其中透露出些許陽光。而我們心血結晶的帆布依然好端端地保護著蔬菜們。幹得好啊！帆布！

……話又說回來，為什麼我會沒注意到颱風的消息？

即使晴空莊附設的家具沒有電視這一項，颱風這種大新聞應該也會從手機或是店家的廣播中得知蛛絲馬跡的消息才對吧？難道我已經對於現實放空到這種地步了？這似乎挺不妙的……

再次回到房間的開門聲似乎吵醒了女友。她伸手在枕頭旁邊東抓西抓。原來她是會將鬧鐘放在枕頭旁邊的類型嗎？

「喲呼，早上了喔。」我輕聲喊。

「啊？喔……啊，對了，昨天因為颱風……」

睡迷糊的女友抬起臉，自言自語了好一會兒才轉向我。

「早安。」

「嗯，早安。昨晚睡得好嗎？」

「還不壞。」

女友花了十幾秒不停眨眼，這好不容易醒過來似的說：「啊！早安！」

「這個剛才說過了。」

「咦？哪有！你為什麼要騙我！當初我們約定過不能騙對方的吧！」

花了好幾分鐘安撫鬧彆扭的女友（順便為了根本沒撒的謊道歉），她總算冷靜下來，乖乖地去浴室洗臉。而我捂著被右勾拳直擊的臉頰，倚著門框和女友聊天。

「昨天睡得還好吧。」

「嗯，不錯。做了一個在天空和羊駝玩躲貓貓的夢。」女友對著鏡子整理著瀏海，用慵懶的輕鬆語氣說：「雖然最後不知為何變成和熊貓一起搭雲霄飛車，不過反正也很好玩。」

「那樣算是好夢嗎……」雲霄飛車也太驚悚了吧？

「對了，昨天忘了講，其實我打算在這次約會後和你分手。」

……咦？剛才她說了什麼？

大腦努力運轉想要處理耳朵接收到的訊息，可惜不太順利。

分手是什麼意思？結束男女朋友的關係。誰想要和我分手？我最可愛的女友。為什麼她要那麼說？我不知道。話說回來她口中的分手和我所想的分手是同樣的意思嗎？

陷入無限循環的我張開嘴卻無法發出聲音。吶吶地呆愣在原地。

戀愛雜誌是對的啊啊啊！早知道昨晚就不要提什麼暗戀的女生了！假裝自己第一個愛上的對象就是女友不是很好嗎！我這個笨蛋！

開始掙扎究竟要不要道歉的我咬緊嘴唇，努力絞盡腦汁。糟糕，總感覺快要哭出來了……該用眼淚攻勢嗎？男人用這招有效果嗎？

「為什麼要擺出那種表情呢。」

「因為……因為……」

女友勾起微笑，走到我的面前，併攏雙腿坐下。

「但是昨天的事情讓我打消念頭了，果然當初我的眼光沒有錯。」

女友露出陽光燦爛的笑容。和上次她在系際杯比賽投出的壓哨球入籃時一樣的燦爛笑容。女友微微躬身說：

「所以接下來也請你多多指教了。」

「咦？呃，彼此彼此……不對啦！等等！所以剛才那個到底是怎麼回事？」

「只是心境上的小小轉折而已，別在意。」

「怎麼可能不在意啊！拜託跟我解釋一下吧！如果我有令妳不滿意的地方一定會改，但是請不要和我分手！我是認真的！」

「傻瓜。」

女友用食指按住我的嘴唇，接著前傾身子冷不防地在臉頰輕輕親了一下。柔軟的嘴唇帶著令人難以想像的熱度。臉頰彷彿要融化似的——腦中一片空白的我只能想出如此俗不可耐的描述。

「改天見囉。」

女友爽朗地拍了拍我的頭道別，隨即輕快地跑出房間。我聽見欄杆被輕輕敲打的清脆聲響。從窗戶可以看見小跑步的女友頭也不回地穿過庭院，直到消失在街道彼端。

被暴雨沖刷的草坪煥然一新，散發著雨過天晴的味道。

「結果還是沒有搞懂為什麼她會喜歡上我……女生選擇男朋友的基準究竟是什麼？」

我趴在窗沿。金屬製的窗軌冰涼沁人。

夏日的天空相當耀眼。

夏蟬對於製造噪音這件事情依然樂此不疲，真不曉得颱風時牠們到底躲到哪裡去了。這麼說起來，之前似乎在某本書上看過蟬鳴是為了尋找異性而響的情歌。整個夏天都在謳歌愛情難道不會累嗎？不過我似乎沒有資格這麼說。

放在桌上的手機發出叮咚聲。螢幕跳出社交軟體的提示視窗。女友傳來「改天帶我回你老家逛逛吧，我也想見見你弟」的訊息。真是個宛如夏季驟雨的女友，雖然這正是她的可愛之處。

我凝視螢幕左端下方接著出現的愛心貼圖，開始思考該回傳哪個貼圖才能夠百分百表達我愛著她的高昂情緒。

第三章　野貓與失戀的我

我最討厭的季節是夏天。

白天的時間特別長、不開冷氣就熱得睡不著、到處都是蚊子、老是沒有食慾、想吃冰淇淋又會弄得滿手黏膩、長髮超熱的、胸罩肩帶的地方常常會起疹子、想穿無袖的衣服和熱褲卻又討厭男人的視線、不會游泳學校卻有游泳課。

若要我舉例討厭夏天的原因，隨便都可以列滿一張A4紙，將秋天或冬天的缺點列超過一張A4紙自然也是輕而易舉的事情，然而若要我寫夏天的優點，恐怕我會瞪著純白的紙張發呆好幾個小時也寫不出三項。

我就是這樣一個老愛挑毛病、卻看不見對方優點的麻煩傢伙。

基本上我對於自己的個性也有自知之明。打從國小和班上所有女生都絕交之後，我就知道自己可能永遠也交不到朋友了……不，或許在幼稚園向日葵班的時候，班上沒有任何人願意和我一起玩的事件就是頓悟的契機了。

提到向日葵就想到幼稚園的我很喜歡一部以黃金鼠為主題的卡通，在向日葵田吃葵花子甚至是當時的夢想，然而某次在爺爺的菜園偷偷摘了向日葵的種子，滿懷期待地放入嘴巴後卻難吃得要命，當場哭了起來。很好，這下子討厭夏天的理由又增加了一項。

回到主題，我想表達的是我從來沒有交過朋友。

放學後一起去吃甜食，假日相約去唱ＫＴＶ以及逛街，過生日的時候到對方家裡慶祝之類的事情，我認為都只是存在於漫畫的虛構情節，現實中不可能發生。

畢竟所謂的朋友關係至少需要兩個人才能夠達成。

兩個活生生的人喔！

數十年來累積的回憶、父母培養而成的價值觀、不知不覺出現的習慣，必須要能夠接納這一切才能夠成為朋友。那樣簡直比發生奇蹟更加困難。

假設我「李芯涵」是一塊拼圖，世界上七十億人口當中只有四塊拼圖能夠完美地和我的缺角吻合，製造奇蹟豈不是反而容易多了？反過來想，那些自認為是朋友的人們只是因為拼圖的缺角恰好互相勾住，只要輕輕搖晃，唰地就會散成不相干的拼圖。

堅信拼圖理論的我不想浪費時間和無法完美吻合自己的人相處，至今皆主動避免和其他人產生過度親密的接觸，於是在去年成為高中生的我已經深諳享受孤獨的方法並且擁有單獨完成各種事情的能力。

在找到世界上僅只四片和自己吻合的拼圖之前，必須一個人努力下去。

然而在高中二年級第二學期的開學典禮，奇蹟無預警地發生了。

現在回想起來當時的自己實在蠢到了極點，不過當全年級最帥的男生兼熱音社社長的他紅著臉向自己告白時，除了點頭，似乎沒有其他選擇了。

客觀地評價自己。容貌中等、戴著眼鏡、皮膚還算白皙、身高一百五十九公分、體重的確切數字保密但是在健康範圍內、胸圍……保密但是還算有料，整體而言相當普通，卻因為老愛挑人毛病的大缺點而令分數垂直墜落。

如果我是男生，一定不希望找這樣的人當作女朋友。

可是他卻向我告白了。

為什麼？

世界上僅只四片的拼圖發現了我的存在，甚至主動要求加入我的人生，這種事情豈不是奇蹟嗎！與他交往的過程我不想詳述，只能說那是肉麻地令人無法直視、必須加以封印、永遠不得再開啟的黑歷史。

簡言之，以結論而言，我被甩了。

人生首次的失戀。

在高中二年級第二學期的結業典禮，交往兩個月又三天的我和他分手了。

那個該死負心薄倖的捲髮混帳！那個老愛拈花惹草勾引學妹、沒有欣賞電影的品味、數學爛到差點被留級、有口臭、指甲剪得超不整齊、不紮制服自以為很帥、電吉他彈得亂七八糟、聽我講話聽到一半就恍神、約會都遲到、道歉超沒誠意的混帳！竟然在結業典禮前約我到操場邊緣的網球場，笑嘻嘻地說：「妳和我想得不太一樣，我們還是分手吧。」

啊啊啊！一想到就有氣！

忍受那些缺點的我都沒說什麼了，那混帳居然一臉爽朗地提分手。什麼叫作「妳和我想得不太一樣」？我就是我啊！簡直莫名其妙！

算了，早點和那種並非命中注定的爛傢伙分手也好，省得浪費時間。

儘管理智上如此說服自己，心底還是覺得很不甘心。

為什麼？

到底是為什麼？

✣ ✣ ✣

當我再次恢復意識時，窗外已經一片漆黑了。

鐵絲網閃著銀光。

「……啊，不小心睡著了。」

頂著有些沉重的頭半坐在地板上。臉頰印著地板磁磚的睡痕，似乎還有乾掉的淚痕？

我走到廚房的流理臺想要洗把臉，不過水龍頭扭開後卻發出「嘰──嘰──嘰──」的刺耳聲響，隨即流出淺黃色的水。

哇靠，未免也太扯了。這間房子是多久沒住人了？

趴在冰涼的流理臺瞪著水龍頭的水。不鏽鋼很快就被我的體溫同化，變成人體平均溫度的三十六點五度C。咦？有那麼熱嗎？還是我搞錯了？在我胡思亂想的時候水龍頭總算流出正常顏色的水，但是已經失去洗臉念頭的我用力扭緊水龍頭，再次回到剛才睡著的位置席地而坐。

「熱死了……」

泛黃的牆壁有撕下某種東西的痕跡。馬桶水箱一直發出低沉的聲響。室內相當狹窄，幾乎連轉身的空間都沒有。家具也乏善可陳，扣掉廚房用具，房間只有一副桌椅、矮木床和我帶來的馬卡龍造型抱枕。

然而這些都不是缺點，只是自己必須接受的日常事物。

我這麼說服自己。

畢竟眼前的景色是自己選擇後得到的結果，怨不得其他人，我要在這間兩坪半的狹窄房間度過暑假。

✣ ✣ ✣

被甩的當天，儘管沒有哭的理由，我還是抱著馬卡龍抱枕哭了一整晚。隔天起床後，我對著邊吃吐司邊睡回籠覺的爸爸和盯著電視發呆的媽媽提出希望一個人生活的要求。

當然我對於家裡的現狀沒有不滿，只不過在心底希望能夠有所改變。

暑假已經開始了。

若是整天待在家裡思考被甩的事情，我一定會發瘋。

離家出走感覺太麻煩了而且也沒那麼多錢，我也沒有能夠讓我外宿的朋友，雖然想過去打工讓自己累個半死，不過現在才去找未免太遲了，最後得到的結論就是一個人生活。

在血糖不足的早餐時間宣言這件事情或許是個錯誤決定。

「喔，真厲害，所以妳今天要自己煮午餐和晚餐？」媽媽敷衍地這麼回答，爸爸甚至連眼皮都沒睜開，默默喝著咖啡。以為我在開玩笑？很好！

我賭氣地沒有吃最愛的小番茄就跑回房間。

「小涵，自己把餐盤收好！」媽媽提高音量喊。我才不管呢！

回到房間的我將房門鎖上，開始準備一個人生活的必備物品。

前年全家出國去日本京都的時候買了一個深藍色的單人旅行箱，正好派上用場。牙刷、牙膏、洗面乳等清潔用品當然得帶，衣服的話……反正是夏天，隨便帶幾件短袖、短褲就好了。

收拾行李的時間意外短暫。除了一些必須用品之外我好像就沒有東西可以帶了。看著行李箱還有很大的空間，我想了想，決定將從小抱到大的淺綠色馬卡龍抱枕塞進去。收拾完畢！

明明是暑假第一天，我卻沒有事情可做了，只好盯著鬧鐘的指針發呆。偶爾會不小心睡著，醒來後就繼續盯著鬧鐘的指針。睜開眼的瞬間能夠立刻知道自己睡了多久真是種奇妙的感覺。

就這樣度過人生最無意義的一天，當我聽見樓下車庫有所動靜時，立刻提著行李箱走出房間，在樓梯向著皮鞋脫到一半的爸爸再次宣言。

「我要一個人生活。」

第二次的申請總算被受理。雖然爸爸一副似懂非懂的模樣，還是帶著我到客廳開啟家庭會議。至於會議的內容太過累贅就不多加詳述了。

「我想一個人生活，可以嗎？」「好，要注意身體健康喔。」

為什麼無法如此簡潔有力地做出結論呢？在我看來，不斷重複可能會發生的問題和危險只是在浪費時間。雖然我明白這是自己被擔心的證據，不過身為高中生的我不可能坦率地表示，只能用無奈的表情掩飾害羞……之類的。

經過長達兩小時的會議，在我的據理力爭之下，雙親同意讓我到外縣市的爺爺家度過暑假。這樣根本只是趁著暑假到爺爺家玩吧？稱得上一個人生活嗎？電話聯絡後，得知爺爺經營的老舊出租公寓「晴空莊」剛好有空房。這樣勉強算是一個人生活的擦邊球吧？知道這是雙親接受底限的我認命同意這個方案。

✣ ✣ ✣

一個人生活的興奮感早已被長途車程和晴空莊的破舊程度消磨殆盡。把二〇二號房的萬年灰塵和蜘蛛網通通清掉之後，我累得只想直接躺在地板睡覺。其他事情就扔給明天的我去煩惱吧。

決定之後我滾了個圈，面對天花板閉上眼睛。晚安。

三分鐘，泡麵的標準時間過後，我使勁利用腹肌坐起身子，原因無它。

「肚子餓了。」

無論是和同學吵架生氣的時候，弄丟心愛的吊飾難過的時候，甚至失戀的時候依然會肚子餓。人真是單純啊。雖然短短十六年的人生經驗不足以斷然評定一個種族的特性，不過為了把這短短的人生延續下去，只有吃東西一途。我到底在說什麼啊？胡言亂語也是肚子餓的症狀嗎？

回歸正題，不是我在自誇，我的料理只有努力一點的話勉強能夠在家政課拿到及格成績的水準，因此我很有自知之明地準備了六碗杯麵。三碗牛肉口味、三碗海鮮口味。

為了紀念第一天的獨自生活，就吃泡麵慶祝吧！

經過謹慎考慮後，我從平放的行李箱中拿出牛肉口味的杯麵，駕輕就熟地撕開調理包和辣油，均勻地灑在金黃色的麵條上。為什麼全世界的料理無法能夠這麼容易製作又好吃呢？

「……啊，糟糕。忘記房間沒有熱水瓶了。」

難怪剛才就覺得少了什麼，原來是最重要的材料——熱水。

凝視杯中數秒後，我果斷放棄乾吃的念頭，開始思考解決辦法。

最簡單的方法當然是去找住在晴空莊對街的爺爺借熱水。房客有難，房東有義務幫忙解決。不過我立刻否決了。如果第一天就跑去找爺爺幫忙，萬一這件事情傳回爸爸媽媽耳中一定會被取笑。只有這點絕不妥協。

剩下的選擇……其實也沒有選擇的餘地，只能去找其他房客借熱水了。

晴空莊共有五間空房，一樓兩間、二樓三間。記得爺爺說過加上我只有四間有住人。空屋率竟然只有兩成，爺爺意外地會經營啊。

希望其他住戶不會太難相處。

我端起尚未沖泡的杯麵站起來，準備以花言巧語換得今天晚餐的主要食材。正要關門的時候意外瞥見紗窗的右下角破了個小洞。這真是一場大戰的開戰烽火啊。不過現在填飽肚子比較重要，我決定將修補紗窗和殲滅蚊子軍團的工作留給吃飽後的自己。

若眼前有左、右兩條路，據說人類會下意識地選擇右邊。右撇子的人比較多也是因為慣用右手有利於保護位於左胸的心臟。於是離開房門的我堅決地選擇左轉，指節用力敲了敲鄰居的房門。

老愛故意選擇比較少人會選的答案，藉此凸顯自己的獨特，這點或許也是我被甩的原因。比起有自我主見、標新立異的女生，男生還是比較喜歡溫柔賢淑、小鳥依人的類型吧？

糟糕糟糕，心情又低落了。振作一點啊我！就是為了別想那個混帳的事情才開始獨自生活，怎麼可以第一天就因為他而失敗！那種事情我絕對不允許！

「嗯……如果是保險的話，我沒有錢可以投保喔？」

「我不是推銷保險的啦！」

猛然抬頭的我看見一名應該是大學生的男子正露出無奈苦笑。他的頭髮亂得簡直像是剛睡起來，全部都往右邊翹，高高瘦瘦的，穿著一件寫有「I LOVE 世界」的寬鬆T恤和磨得破破爛爛的牛仔褲。

很久沒有看見如此經典的頹廢裝扮了。

「嗯，所以妳有什麼事情嗎？愛心產品的話我也不買喔，因為沒有錢。」

頹廢男乾笑幾聲。黏著菜渣的犬齒相當礙眼。

我強忍住咂嘴的衝動，低聲說：「我沒有要賣東西啦！那個，怎麼說，我住在二號房，就是你的隔壁。」

「喔，終於有新鄰居搬來啦……請多指教？」

「然後因為今天才搬過來，剛才想泡杯麵當晚餐時才發現沒有熱水瓶，想說不曉得可不可以借一點熱水。」

「喔喔，可以啊。」頹廢男露出鬆了口氣的神情，垮下肩膀說：「我還想說為什麼妳要端著杯麵，原來是這樣啊。不過熱水大概要煮幾分鐘，可以嗎？」

「沒關係，我可以等。」講完之後我忽然覺得少了什麼，急忙補上：「謝謝。」

「要進來等嗎？」

頹廢男側了側身子。

「不必！我在走廊就好！呃……我喜歡吹風！」

頹廢男無所謂地聳聳肩，轉身走回房間準備熱水。按下加熱按鍵的熱水瓶發出「嗶──」的機械音，接著不曉得經過哪種方式的思考，竟然回到走廊和我並肩靠著鐵欄杆。

我一瞬間想要逃走，卻因為錯失了最佳時機只能僵在原地。

「……星空真美呀。」

「如果你找不到話題，可以不用勉強自己開口。」

「對不起。」頹廢男坦率道歉：「最近剛和我的姪女變熟，感覺似乎年輕了一點，不過突然和高中女生搭話還是不太好吧？」

知道不太好就不要搭話啊！然而礙於對方握有攸關手中杯麵能不能吃的關鍵，我硬生生將這句話吞回喉嚨。

看來離家獨自生活的我已經有所成長了。

「說到這附近的高中，應該就是H中和S女中吧。那兩所都滿有名的，不曉得靜能不能考上，如果考上的話晴空莊倒是有空房，雖然她願不願意來住也是個問題……這麼說起來，妳今天剛搬進來？」

「嗯。」

沒料到話題會突然甩到我身上，壓根沒在聽的我慢了一拍才點頭。

「這就怪了，房東爺爺應該會提供基本廚房用具給新住戶才對，我當初就有拿到鐵鍋和鍋鏟，雖然也混了不少奇怪的鬼東西在裡面，像是披薩切割器之類的……沒有的話要不要向房東爺爺提一下？」

「有鍋子啊，為什麼這麼問？」

「咦？呃……」頹廢男愣了愣，尷尬地用指尖刮刮臉，好半晌才說：「當然有人比較喜歡熱水瓶煮出來的水啦，我可以理解，畢竟有些人的味覺比較敏感可以分辨兩者的不同，只是，那個，我想說的是鍋子其實也可以煮熱水──」

理解的瞬間，我清楚感受到體溫直線攀升，鮮少感受到的情緒在心底快速滋長，就像加了曼陀珠的可樂一樣一發不可收拾。

當我理解那個情緒是「難為情」時，已經撇下頹廢男衝回自己房間了。

將臉埋在馬卡龍抱枕內就可以忘記一切煩惱……怎麼可能有那麼方便的功能啊！可惡！我竟然會忘記這麼簡單的事情！而且還帶著杯麵逃逸，這下子豈不是被那個頹廢男當作怪人了？

杯麵因為劇烈的上下搖晃，調味粉減少大半。與其吃沒有味道的麵條不如餓肚子。扔進垃圾桶吧。

下定決心的我連衣服也沒換，從行李箱抽起捲成一團的薄被，直接倒在地板上準備睡覺。

一旦靜下心來，原本聽不見的聲音頓時多了起來。菜園的蟲鳴聲、從遠處呼嘯而過的引擎聲、隔壁房客敲打鍵盤的聲音、晴空莊這棟建築物本身的聲響、不曉得是什麼的清脆鈴聲。

夏天的夜晚相當涼爽。即使沒有空調，從窗戶吹入的微風卻更加沁人。

我不記得自己是何時睡著的，卻記得那晚做了一個好夢。

✣
✣
✣

「──十二點零五分，沒想到這輩子第一次睡超過中午的記錄竟然在今天達成……感覺浪費了一整個早上，心情真差。」

我望著手機螢幕右上角的時間，奮力撐起僵硬的手腳起床。

大概是睡在木頭地板的緣故，關節處超痛的。果然應該去買個床墊比較好？

盥洗過後我盤坐在窗邊，望著天空遠處的積雨雲發呆。

被蚊子咬的小腿微微發癢。

由於是任性離家，我拉不下臉拜託爸爸幫忙載行李，小小的單人行李箱只裝了民生必需品，大部分的私人物品都還放在原本的房間。連電腦也沒帶真是個錯誤，現在完全沒事情做了。

稍微理解現代的小孩子為何會在這方面飽受長輩批評了。

「……去鬧區逛逛吧。」

我基本上是個徹頭徹尾的室內派，雖然沒有特別鑽研的興趣，平時打發時間的消遣不外乎是看看書、聽聽音樂等相當溫和的類別，並不會特地離開家門在外面到處亂跑，然而在目前這種連家具都不齊全的小宿舍，除了數地板的紋路之外似乎沒有其他事情可做了。沒辦法！只好出門了！

晴空莊正好位於住宅區和一大片鐵皮空地的交界。聽說空地原本是某個都市更新案的預定地，因此地主們大多任由雜草生長，等待建商重建的時候到來，不過這個「聽說」從我小時候來玩的時候就聽到現在，空地依然沒有任何重型機具或錢潮進駐。

重建案蓋不蓋都不關我的事情，不過鮮少有公車會跑如此偏遠的路線。當我終於等到開往鬧區的公車時，已經在豔陽下炙燒至少十五分鐘的時間，全身水分都快被烤乾了。

逛街簡直是錯誤的決定。

不過我更討厭反悔，毅然搭上公車。微弱的冷氣不僅沒有冷卻情緒，反而令我更加煩躁。這種溫度乾脆不要開啊！

數十分鐘後，當我的雙腳再次踏到地面的同時，放眼望去盡是手挽著手情侶、情侶和情侶。

明明天氣熱到融化也不奇怪，為什麼他們還願意貼著手臂黏在一起走路？難不成他們的夢想是成為黏膩膩的融化冰棒嗎？我的裡面有你，妳的裡面有我，就像國小音樂課本的那首歌一樣浪漫。

那樣真的很浪漫嗎？

不行，熱到無法正常思考了。

天空藍得令人作嘔。我努力只走在屋簷與行道樹的陰影當中，即使如此，悶熱的風依然令我汗流浹背，不一會兒T恤便被汗水浸濕了。

「不行了，黏黏的感覺好噁心。」

感覺這樣下去會先死於噁心感，我搖搖晃晃地走進視野內最近的建築物。等到冷氣讓大腦恢復正常功能後，我才發現周遭的情侶率驟然倍增。哇靠！我到底走進什麼魔窟了？放眼望去除了情侶只剩下一整群一整群的朋友，根本沒看見一個人的客人……啊，原來是電影院。

「這麼說起來，我似乎不曾一個人看電影。」

我抬頭仰望偌大的宣傳海報。穿著水手服的女生親暱地挽著隔壁男生的手，走在清晨的河堤旁。記得當初那個混帳提過他想看這部電影。嗯？還是別部？算了，現在他又不是我的誰，幹嘛管他那麼多。

我瞪著幸福到將周圍空氣渲染成粉紅色的海報，想也沒想就掏錢走到櫃台。

事後回想起來，或許當時的我只是想看完電影後用力嘲笑那個混帳的爛品味，才衝動地那麼做吧。

浪費了整整兩個小時又十分鐘。

這是對於電影最直率的心得。

雙眼發疼且腰酸背痛的我坐在電影院旁的連鎖咖啡店，在心底痛罵當初衝動買票的自己。

整齣電影可以用「初戀、狗血、熱淚」三個主題澈底含括。如果把「狗血」換成「亂七八糟」也很恰當。我從男女主角莫名其妙的告白、相戀到熱血平均值破錶的高中生活腹誹到令觀眾脊背發麻的做作結局，如果以這個觀點來看，這段時間我倒是罵得相當充實。

真搞不懂為什麼有人可以看得津津有味，甚至在最後落淚。他們大腦的感情組織有認真在運作嗎？

咖啡杯內的葉脈拉花被銀匙攪亂。我輕啜了一口略苦的深色液體。

更要命的是坐在我左前方的正好是一對情侶，無論我怎麼移動視角還是會被閃光波及。男的整齣戲看起來都在恍神也就算了，那女的雖然一開始挺安靜的，中途卻不時挽住男的手臂或是將頭側靠在肩膀，後半甚至哭得梨花帶雨。

如果……我能夠做出像她一樣的反應，或許那個混帳就不會和我分手了。

「可惡！」

我一口氣喝光焦糖拿鐵，帶著幾乎要燙傷的舌頭和眼眶走出咖啡店。

✣
✣
✣

夏日午後的氣溫相當悶熱。

我蹣跚走在樹影斑駁的人行道，有一搭沒一搭地被陽光攻擊。為什麼太陽不快點燃燒殆盡呢？我寧願在凍死人的無光世界生活也不想繼續受到陽光的荼毒。不僅會變黑還會變黑，真是討厭死了。

這時我注意到草叢中有個黑影。

老實講我第一眼並沒有發現黑影的真面目，單純以為那只是一袋被人隨手扔掉的垃圾，所以當黑影富有頻率地抖動時著實嚇了我一跳。

從草叢緩緩步出的是一隻胖到令人懷疑牠有沒有辦法走路的虎斑貓。記得小時候看過的某部動畫內也有類似的貓，我卻遲遲無法想起名稱，只隱約記得動畫裡的貓咪沒有條紋。

「過來這邊。」

我蹲下身子，友善地伸出手。

胖貓側眼瞄了我一眼，抖了抖鬍鬚之後用短短的四肢撐起身體，慢吞吞地鑽入建築物之間的小巷。

可惡，連區區野貓也不肯理我嗎？

受挫的沮喪心情比想像中還要嚴重。即使成功煮好晚餐，看完一本很喜歡的推理小說，直到睡前在床上滾來滾去，我依然難以釋懷。雖然明白和野貓計較這種事情毫無意義，卻還是不禁一再想著這件事情。

如果……如果下次再見到那隻胖貓的話，我一定要讓牠自己主動接近我！

——對了，那部動畫叫做《心之谷》。

盯著天花板汙漬的我忽然想起這點。積塞在胸口的煩悶似乎消去不少，令我很快就進入夢鄉。那晚我似乎做了個夢。醒來後卻想不起來那是個惡夢還是好夢，更遑論夢的內容。

由於不能一直喊那隻討人厭的胖貓「虎斑貓」或是「野貓」，我在書桌苦思許久，利用網路查詢貓的情報好作為取名的依據。

貓是全世界飼養率僅次於狗的動物，令人訝異的，甚至有人在九千五百年前的人類骸骨旁邊發現貓的骨頭。那種動物真的可愛到值得一起殉葬嗎？那傢伙的腦子肯定壞了吧？而西元前九世紀埃及人將馴化的貓傳入義大利似乎就是一切瘋狂比賽的起源。

我瀏覽著螢幕上各種英文字母縮寫的貓迷協會和貓展比賽，實在難以置信那種比賽究竟有誰會去參加。那些人真是特別喜歡貓呢。那種任性的動物到底哪裡好了？

花費大半個上午的我儘管得到不少關於貓的情報，甚至知道只要朝著貓的脖子後方一抓就能夠令牠們全身癱軟……這點待考證。總而言之，我遲遲想不到適合那隻胖貓的名字，最後失去耐心地決定

將牠取名為「虎胖」。

✣ ✣ ✣

由於一時找不到賣貓食的寵物店，我只好到便利商店挑了一罐蒲燒鰻魚罐頭湊數。反正貓喜歡吃魚，有這罐應該就可以搞定了。

或許今天就可以讓虎胖主動接近我了！

心情愉悅的我踮著腳尖邊走邊跳，遇到小巷子或是貨車時總會停下檢查，不過都沒有看見虎胖的蹤影。那傢伙今天是跑到哪個地方鬼混了？平時總會待在路旁汽車的陰影處或雜草堆當中，特地要找卻反而不見蹤影。果然貓就是任性！

當在街區胡亂繞了好幾圈的我開始感覺到雙腳和胃部的抗議，正打算放棄時卻湊巧瞧見虎胖悠哉地窩在蒲公英的草叢中打盹。

「目、目標……確認。」

很好！果然有志者事竟成！

我小心翼翼地踮起腳尖靠近。中途虎胖抬頭瞄了我一眼，嚇得我將跨出的左腳停在半空中動也不敢動，不過虎胖只是瞟了我一眼，打了個哈欠之後就繼續趴下睡覺。半透明的鬍鬚微微抖動。

我打開拉環，將罐頭放到地上後迅速後退。在十公尺遠的地方觀察情況。

只見睡眼惺忪的虎胖半瞇著眼瞄了罐頭一眼，挪了挪身子繼續睡。可惡！比起食慾更注重睡眠嗎？真夠懶的！

事到如今可不能就這樣撤退，我頂著夏日午後的炎熱太陽，專心埋伏在電線桿的後面觀察虎胖的動靜。

話又說回來，為什麼推理劇的偵探總愛在跟蹤時躲在電線桿後面？這麼做根本沒有意義吧！最好有人能夠躲在一根瘦長的圓柱體之後而不被看見，再加上電線桿不曉得被貼了多少次傳單和廣告紙，被雨淋過之後破破爛爛的痕跡實在令人不想靠近。

當天色逐漸轉為紫橙色時，睡飽了的虎胖悠哉地伸了個懶腰。

可惡，我這邊蹲到腳都麻了，那隻臭貓居然敢這麼愜意！

只見虎胖慢吞吞地踱步到罐頭前方，低頭嗅了嗅，隨即不屑地「喵——」了一聲扭頭就走。

那罐罐頭足足花了我三十八元耶！不知人間疾苦的臭貓！

「——喲，涵涵，妳在研究爬藤類植物的旋轉方式嗎？」

涵涵是爺爺對我的暱稱。雖然我打從國小就激烈拒絕這個羞死人的暱稱，不過爺爺的心靈似乎比我的毒舌還要強韌，無論我怎麼罵他都可以笑嘻嘻地繼續喊，久而久之我也放棄了……唯一慶幸的是當初幫我取名字的是爸爸不是爺爺，否則被學校的同學喊「涵涵」的話我可能會認真考慮逃學。開玩笑的。我才不管其他人怎麼叫我，反正只是和我人生無關的其他拼圖碎片。

這時我忽然驚覺自己不知不覺走回了晴空莊了，正蹲在菜園邊緣對著豌豆的藤蔓碎碎唸，當下急忙起身喊了聲：「呃……爺爺好。」

只見爺爺穿著扶桑花圖案的襯衫和黃色短褲，一副準備到南國度假的模樣。

「住得還算舒服吧？感到寂寞的時候隨時可以來找爺爺聊天喔。」

「我會的。那麼我先回房間了，全身都是汗想要洗個澡。」

即使是自家人，要我和一個看起來腦袋被曬壞的老爺爺在夏日夜晚的街道聊天也是頗有難度，只好選擇撤退方案。如果這一幕被同學偶然看見，我在班上會更難立足吧？雖然立足之地的大小早就和被螞蟻圍繞的方糖差不多了。

「別擔心啦，這種天氣不管現在洗還是睡前洗都差不多。」

雖然不明白什麼差不多，但是爺爺貌似不打算讓我離開，大笑幾聲之後就開始詢問爸爸、媽媽的近況。為什麼老人總認為小孩會知道自己父母的各種資料呢？如果父母不講，我們又怎麼會知道。

✣ ✣ ✣

相當疲憊的我抱著一盒爺爺烤的糖霜千層派餅乾，以踏上十三階階梯的狀態緩緩前往寫有二〇二的房間。幾乎是用吼的聲明我不要吃餅乾了，爺爺卻還是堅持將保鮮盒塞到我懷中。

我老了之後絕對不要變得這麼固執。

當我試著用單手把口袋中的鑰匙掏出來時，隔壁的房門正好打開。頹廢男頂著一頭亂髮出現了。

內心不禁響起遊戲中怪物登場的音效。

呿，運氣真差。

「喲、喲，晚上好。妳從學校回來？」

「我今天翹課。」

「是嗎？話說妳手上那個是房東爺爺烤的餅乾對吧。那個超好吃的！不過房東爺爺很少做餅乾，只有運氣好的房客才有機會拿到。」

這傢伙是沒聽見翹課還是直接無視？早知道剛才假裝沒看見直接進門就好了，現在演變成需要交談的麻煩情況了。今天不需要泡麵的熱水，我可不想在這裡浪費時間。

「妳的運氣真好呢，剛來不到一個月就拿到幸運餅乾了。」

這裡可不是美國的華人街耶。那是哪門子的稱呼？

「……想吃的話也可以給你。」

「咦？可以嗎？」

我隨手將保鮮盒拋出去。只見頹廢男慌慌張張地飛撲身子，總算是在保鮮盒墜落到地面之前成功接住。

「喔喔喔喔喔！Safe！」

懶得看頹廢男使出飛撲招式的我逕自關起房門。由於實在太累了，我省略刷牙洗臉等步驟，直線走到床鋪倒頭就睡。

意識消失之前只感覺到馬卡龍抱枕的熟悉觸感環繞著我。

✣ ✣ ✣

雖然每天睡前都會用意志力命令自己忘記，一旦陷入半夢半醒的狀態時就會想起當初和他相處的回憶。每次醒來都會忘記自己到底想起了什麼，不過臉頰留著乾乾的淚痕總會令我感到氣餒。

今天也是如此。

我頂著昏沉沉的腦袋，用手背胡亂擦著眼角。總感覺這個動作都快要變成早上起來的習慣了。一想到此就令情緒更加低落。啊啊，天花板的那邊有個深藍色的汙漬。嗯？總感覺以前似乎也想過類似的事情？

稍微梳洗後的我原本想要去便利商店隨便買個飯糰當作一餐。走下階梯時意外和蹲在矮牆邊的虎胖對上眼。腦海中似乎閃過遭遇敵人的音效，我和虎胖不知不覺間就進入對峙狀態。

我小心翼翼地伸出手試圖摸摸虎胖的頭，原本一直低頭不動的虎胖在我的指尖即將碰到的時候「喵」了一聲，迅速蹬起後腳跑到另一側。可惡，牠就這麼不想被我摸嗎？

自暴自棄的我開始拚命和虎胖繞圈圈，然而就算我跑到腹部都開始痛了依然連虎胖的一根貓毛都沒摸到。

「——喲，涵涵。」

猛然回首的我這才發現爺爺好整以暇地站在牆邊，一副旁觀許久的模樣。剛才我的蠢樣居然被看到了嗎？不過爺爺今天的穿著……嗯，紅白條紋的襯衫搭配魚骨頭的黑色海灘褲。今天的服裝風格依然是絕頂糟糕耶。品味不會遺傳真是謝天謝地。

「妳想讓那隻貓咪當使魔嗎？」

原來爺爺那一輩的人會將「寵物」說成「始摸」啊？真詭異。

雖然不管叫什麼都好，反正我沒興趣深究。

「我才不想養那種過胖的貓咪。」

「妳不懂啦，那種體型的抱起來才舒服。」

「我又沒有要抱牠……不如說貓毛沾到衣服超難清的。況且虎胖的體重根本不是說抱就可以抱起來的。」

「這個名字還挺可愛的，妳取的？這麼說起來，涵涵妳小時候就很想養寵物呢，只是礙於社區規定所以不能養大型寵物。」

「我才沒有。」

寵物有什麼好的？照顧起來不僅麻煩又得花錢，而且注定會比自己早死。如果知道前方有懸崖，幾乎沒有人會繼續前進吧？但是明明知道寵物死掉之後會傷心難過，大家卻還是繼續養寵物。為什麼呢？

「涵涵可是我的孫女，有天賦也是理所當然的。不過還是需要一點訣竅比較容易成功喔。」

依然笑著的爺爺從口袋拿出一小瓶裝著鮮黃粉末的玻璃瓶。就是去墾丁常常看到攤販拿來裝沙子的小瓶子。他裝模作樣地旋開軟木塞，倒了點粉末在掌心後蹲下身子對著虎胖柔聲開口。

「來吧，乖孩子。」

「放棄吧，那隻貓完全不黏人——」

不料我話都還沒說完，虎胖「喵」地拱起脊背伸了伸懶腰，竟然乖乖地走到爺爺面前，折起前腳趴下任由爺爺摸毛。

那隻胖貓這麼喜歡咖哩粉啊？不對，不可能有那種事情吧。我搖頭甩去那個愚蠢念頭。難不成是那種叫做「木天寥」的植物粉末嗎？似乎在哪裡聽過貓咪超喜歡那種植物的說法。

爺爺得意地搔著虎胖的下巴，昂首宣稱。

「畢竟我可是個魔法使呢。」

……真是蠢斃了，世界上怎麼可能有魔法那種東西。如果有的話就不會有人失戀了。

「機會難得，涵涵想不想見識一下大規模的魔法？」

爺爺興致勃勃地問，活像個想展示心愛玩具的小男孩。

平時的我肯定會一口回絕，然而那時的自己不曉得腦子裡的哪根螺絲鬆了，竟然點頭同意。

爺爺的屋子和印象中一模一樣，依然堆滿莫名其妙的雜物。雖然不能一概稱為垃圾，不過也相差無幾了。真想叫那個說「數大便是美」的眼鏡男來看看眼前的慘況，以減少他在國文課本大放厥詞的戲份。

我努力繞過兩尊幾乎占據走道的彩繪面具木雕（大概是非洲某國的工藝品），以及種在盆栽內巨大鳳梨（意味不明），而巴黎鐵塔的鑰匙圈更是零亂地散落地面，忍者的鐵蒺藜也沒有這麼凶殘。這個一腳踩下去血條肯定去掉大半了。

「小心別踩到喔。」

既然如此就收好啊！我吞下這句抱怨，謹慎地挑選落腳處前進。

雖然每次過年都會回爺爺家，不過這還是我第一次踏上二樓。

二樓意外的相當整潔……這麼形容布滿灰塵的走廊似乎也不太對，然而和一樓充滿衝擊力的畫面比起來，已經可說是雲泥之別了。人類的大腦真是神奇。

「這邊請。」

爺爺彎腰擺出一個「請進」的手勢，炫耀似的露出笑嘻嘻的表情。我小心翼翼地踏進位於盡頭的房間。只見房間內擺著數十個矮桌和玻璃櫥窗，其中放滿各種顏色的水晶。彷彿剛從岩盤挖下來似的，水晶底部仍然鑲著石塊，也有的水晶經過精緻雕琢，從各個平面反射出燦爛的光線。

我不禁蹲下身子，湊近一個淡藍色的六角水晶，著迷似的直盯著眼前平滑的半透明晶體。

「那個是戀愛用的。」爺爺漫不經心地解釋：「只要趁著對方不注意時拿起來朝後腦杓敲下去就行了，散出的粉末會令雙方產生激動和戀愛的感覺，正是所謂的吊橋效果，讚喔。」

「……這是在開玩笑對吧？」

「當然，水晶可不便宜，沒有魔法使會輕易將它磨碎使用。雖然老實講水晶除了增強磁場之外就沒啥功能了。」

那麼房間內如此大量的水晶是打算增強哪方面的磁場？我將這個疑問吞入喉嚨，轉而問：「爺爺真的是魔法使嗎？」

「涵涵，妳相信世界上有鬼魂嗎？」

「為什麼突然問這個？」

「因為這就是妳想知道的答案。」爺爺露出笑容說：「看不見的妳無法反駁，只有能夠看見的人有資格說出『世界上沒有鬼魂』這句話，不過既然看得見，反駁也變得毫無意義了。」

我思考了好一會兒，理解後不禁皺眉。

「搞什麼？這樣豈不是一定有鬼魂了。」

「這下子妳瞭解了吧。」

除了自己浪費時間聽了歪理之外，我並沒有瞭解到任何事情。認清這點的我開始放空。爺爺說的內容都自然從耳邊掠過。沒想到這種技能除了在上課時間和下課時間之外還能夠派上用場。

這只不過老人家喜愛的無聊玩笑。我以此總結後，回歸正題地發問。

「那麼大規模的魔法在哪裡？」

「妳現在就在魔法的正中央啊，人生可是一輩子僅能夠見識到一次的珍貴魔法啊！無論什麼財寶都比不上一個人生。」

儘管爺爺說得口沫橫飛，我依然覺得自己被耍了。

這算什麼嘛！簡直在浪費我的時間！

當初去看那部爛電影至少還可以讓我罵，現在卻連罵都不行！

我也不管爺爺還在說話，轉身大步走出房間後重重將門板甩上。這時隱約聽見某個細碎的破裂聲響。難道甩門的震動讓水晶掉下來了嗎？我卻沒有停下腳步，幾乎是用跑百米的速度衝出房子，踏上晴空莊的階梯，然後將臉埋在二〇二號房床鋪的馬卡龍抱枕。

如果世界上真的有魔法存在，很多事情都會輕鬆不少吧。

至少……那傢伙或許就不會和我分手了？

鼓譟著暑氣的蟬鳴不絕於耳，令我煩躁地不停用腳跟蹬著床板。

✣ ✣ ✣

某次約會時，那傢伙沒頭沒尾地帶著我到一間破破爛爛的咖啡店。似乎是他在樂團的熟人大叔經營的。撇開那間隨時結束營業也不奇怪的店不談，那傢伙緊張兮兮地讓我正中央的座位坐下之後，紅著一張臉走到舞台上，拿起吉他開始唱歌。

那似乎是他的自創曲，內容充滿了陳腐的愛呀情呀，旋律更像是十幾年前的民謠。滿頭大汗的那傢伙湊著麥克風，聲嘶力竭地吶喊著聽不懂的含糊歌詞。

那天我第一次在他人面前流淚。

也是第一次知道原來感動到極點真的會哭。

對於這種事情相當遲鈍的那傢伙費盡心思替我準備了禮物。還記得那時的我暗自發誓要和尷尬得滿臉通紅的那傢伙共度一生，以後不管遇到什麼困難都要牽手一起跨越。只不過沒想到簡單一句「我們分手吧」的難關如此艱鉅，無論多麼堅固親密的誓言在它面前都不值一談。

雖然已經都無所謂了。

起了個大早的我卻遲遲沒有動力起床。明明熱得不停冒汗卻不想離開床鋪，我思考這個矛盾的問題長達半小時之久，直到渴得不得了才勉強撐起身子，瞇著眼睛胡亂揮手，直到摸到了寶特瓶才將嘴巴湊近。

這時腦袋中「起床」的比例開始壓過「繼續睡」。整件衣服都黏在皮膚真的很不舒服，我甚至開始考慮從今晚起乾脆裸睡算了。之前也在網路上看過裸睡其實對身體挺好的。

「……又睡超過中午了。」

自從一個人住之後，睡覺和起床的時間越來越混亂。

我頂著睡亂的頭髮搖搖晃晃地站起來。懶得整理的瀏海彎成U型奇怪弧度，在清晨的微風中搖搖晃晃。踱步到浴室洗臉之後才稍微清醒。哈，瀏海亂得超好笑。

白吐司的早餐似乎已經成為定律了。

靠著欄杆吹風的我用舌頭頂著吐司邊，試著邊轉吐司邊吃。如果去買罐果醬就可以變換口味了。不過沒有冰箱的話果醬放在常溫環境似乎會壞掉，正午時候的二〇二號房簡直和烤箱沒兩樣。

算了，暫時先用白吐司擋一段時間吧。

菜圃的各種蔬菜迎風搖曳，深淺不一的青綠色颯然作響。

以前在重要節日過來拜訪爺爺時，晴空莊的庭院明明種著一大片向日葵，卻不曉得在何時被剷除、改種蔬菜了。由於那片向日葵的印象太過深刻，小時候的我甚至有段時間以為這裡叫做「向日葵莊」。

——為什麼要叫作晴空莊而不是向日葵莊？向日葵明明比較好聽。

那時爺爺是怎麼回答的？不記得了。

由於沒有牛奶或水，我多咬了好幾口才吞下吐司。嘛，至少蔬菜可以吃。光是這一點菜圃就比向日葵園還要有用了。

我將上半身掛在欄杆，隨著風輕微地搖晃。這時我看見虎胖緩緩地從晴空莊前的街道走過，接著牠抖動鬍鬚，轉頭看著我一眼。那瞬間，虎胖的表情和那傢伙互相重疊，彷彿在嘲笑似的瞇起眼睛注視著我。

「——給我站住！」

我腦中一片空白，身體擅自往外衝，跌跌撞撞地跑下階梯，朝虎胖追去。然而虎胖前腳一踮，靈敏地穿到路旁汽車底下，眨眼間就從視野消失了。

每次體育課都偷懶的我使勁邁開雙腳，追著虎胖的身影奔跑。

虎胖明明胖到肉都從身體兩側下垂了，換算成ＢＭＩ肯定是「肥胖」等級，動作卻異常敏捷。即使我拼命邁開腳步，我們倆之間的距離依然以秒為單位持續擴大。

「別跑啊！可惡！你這隻臭貓！」

我按著幾乎要炸開的腹部，對著縮成一個小黑點的虎胖背影怒吼。

聽不懂人類語言的虎胖繼續邁開短短的腿向前奔跑。明明我的腿比虎胖的長好幾倍，為什麼速度卻差牠那麼多？這一定有問題！學校為什麼老愛教一些三角形的什麼弦什麼弦，卻不告訴我們為什麼人類跑不贏貓呢？

咬緊牙關，即使視野已經沒有虎胖的身影，我還是堅持繼續奔跑。

「——唔！」

腳尖似乎踢到了什麼。

不小心跌倒的我擦破了膝蓋，光是站起身子就感到一陣陣的抽痛。再次抬頭時已經看不見虎胖的蹤影了。

這裡是哪裡？我到底跑了多遠？三公里？五公里？還是更遠？不行，大腦缺氧到無法順利呼吸了，現在不是管那隻胖貓的時候，再不找個地方休息我就會先掛了。討人厭的夏天高溫。討人厭的聖嬰現象。討人厭的人群。

蹣跚往前走了好一會兒，我才發現自己不知不覺來到上次看過電影的鬧區。我拖著腳，努力走到圓形廣場附設的座椅區，將臉頰放在冰涼涼的鐵製桌面好降溫。雖然效果不錯然而桌面很快就會變溫，是個小缺點。周遭情侶的出現率依然高得非比尋常。尤其是電影院門口。世界上除了情侶之外的人種都死光了嗎？

外牆貼著的推薦海報依然是那部狗血灑滿天的戀愛作品。原來這就是主因？如果法律強制規定戀愛電影必須百分之百依據現實情境拍攝，那些被戀愛沖昏頭的笨蛋情侶們或許會因為看清事實而銳減吧？如果有人提出如此完美的政見我一定會投他一票的。

這時一個眼熟的背影猛然映入眼簾。

心跳頓時停擺。

我首次明白何謂「如遭雷殛」。全身動彈不得，連呼吸都顯得困難。明明是盛夏，被汗水浸濕的後背卻格外寒冷。

為什麼……那傢伙會在這裡？

從他家到這裡應該要搭上一個小時的公車，況且之前我們約會的時候根本不曾來過電影院，那傢伙老愛去充滿煙味的Live House或是格調很差的二手唱片行，明明連吉他和貝斯的音色差別也分不出來，卻總愛自我陶醉地大肆談論只有他自己聽得懂的音樂經。

那時我甚至買了十幾本音樂相關的專門書籍就為了能夠稍微聽懂他說的內容，不對，現在不是後悔當初自己白癡舉動的時候。那傢伙明明老愛嘲笑那些來看電影的情侶是「花大錢在椅子坐上好幾個小時的笨蛋」，不過當自己喜歡的冷門機器人電影上映時，又會硬拉著我陪他去看，不對，現在也不是抱怨他白癡行為的時候。

死前的跑馬燈大概就是這麼一回事吧！不管怎麼思考總會想起某些回憶。

我該立刻逃跑嗎？但是為什麼我非得逃跑啊？然而我唯獨不想讓那傢伙看見目前自己的慘狀。

這時我聽見橡膠踏在地面的摩擦聲。

腳步聲？

他走過來了？

還是已經站在我後面了？

我完全不敢轉頭確認。全身的肌肉僵硬得不聽使喚。我想要立刻逃走，但是卻連一步也動不了。好不容易往前動了，右腳卻絆到左腳，全身咚咚咚地往前蹬，接著因為重心不穩而跌倒。正面直接和地面接觸。好痛。好糗。好丟臉。好想離開。好想逃走。

周遭的群眾發出吵雜聲，可以想見討論對象應該就是我。

這時視野角落看見了那傢伙的背影。我的腦中一片空白。接著那傢伙回頭瞥了我一眼，隨即繼續往前走。

儘管只有短短的一瞬間，但是我也看出他並不是那傢伙。

……認錯人了。

突如其來的放鬆感令我雙腿發軟，試了好幾次都站不起來。

我到底在幹什麼啊……為了追一隻貓而跑了好幾公里，甚至認錯人而跌倒，在大庭廣眾之下被圍觀，實在是悲慘到無地自容的慘狀。

拍照的快門聲伴隨著竊竊私語在四周響起。窸窸窣窣的討論聲更是令我難掩難堪，然而導致這一切的正是我的愚蠢，我甚至無法怪罪那些看熱鬧的群眾，若是立場顛倒，或許我也是冷淡旁觀的群眾之一吧。

忽然間一對男女情侶在我面前停下腳步。不只冷眼旁觀，甚至打算近距離拍張特寫嗎？這對情侶真是差勁到極點的人渣！

垂著頭的我一陣火大，使盡最後的力氣狠狠踹了男方的小腿脛骨，隨即轉身就跑。

「哇嗚嗚！」

伴隨著相當丟臉的哀號聲，男方抱住小腿直接摔倒，不過女方反應靈敏地轉身，張開雙手攔在我面前。她的視線相當冷淡。

「雖然我不認識妳，不過那個現在倒在地面繞圈轉的傢伙似乎有話想對妳說，所以請等一下。」

「不認識的話就閃開！」

我正想故技重施地踹女方一腳，不過她輕易地後退閃過。這時男方強忍疼痛地起身，急忙說：

「等等！我道歉！突然搭話是我的錯，不過妳是住在隔壁的那位女生對吧？第一天向我借熱水那位？這麼說起來我還不曉得妳的名字，呃……那個……對吧？我沒認錯人？」

我這才發現男方意外的很眼熟。啊！這傢伙不就是隔壁的頹廢男嗎！他竟然把頭髮剪短還弄了一個很不適合的髮型，害我一時之間沒認出來。

在我訝異的時候，頹廢男和文靜少女逕自進展著話題。

「抱歉了，靜，今天的行程可以往後延嗎？」

「廢話。」

「那就好，我下次一定會補償妳的。雖然仔細想想，我也可以一個人先去圖書館把妳想看的書借回來，妳也不必多跑這一趟。」

「圖書館有種特殊的氣氛，我想在那種氣氛內親手找到想看的書，你連這個都不懂嗎？」

文靜少女的語氣很不客氣，不過頹廢男一副早已習慣的模樣，不介意地道謝完轉而向我問：「妳可以走嗎？腳有沒有扭到？」

「……不用管我。」

「怎麼可能不管倒在路邊的女生。如果不能走的話……叫救護車？」

「叫救護車的話事後好像要付錢喔。你這個月還有剩嗎？」

頹廢男的臉色瞬間凝固，勉強地擠出聲音說：「沒關係。」

那完全不是沒關係的臉啊。被熊逼到懸崖邊緣的人大概就是那種表情吧。

「不用去醫院。只是……稍微跑過頭而已，有點喘，休息一下就好了。」

頹廢男貌似仍想叫我去醫院，我只好用更堅決的態度再次重複。這男人真是有夠麻煩的，話講一次就該聽懂了。

「妳確定嗎……啊，剛才忘了講。這位是我的姪女——」

「現在不是自我介紹的時候吧。」文靜少女冷淡地打斷：「既然不用去醫院，讓我們送妳回宿舍吧。」

「呃，這個……」我甚至來不及說話，頹廢男就擅自抓住我的手臂將我往前拉扯。我說啊！這種時候一般都要用「挽的」而不是「抓的」吧？我敢肯定這傢伙從來沒交過女朋友。

懶得抗議的我只好自己調整，扶著頹廢男的手臂小步前進。

由於身高差距的關係，我們的速度慢到了極點。可惡！腳還是很痛！

「龜兔賽跑時的烏龜大概就是這種心情吧。加油啊，烏龜！」

頹廢男小聲呢喃著莫名其妙的內容。果然這傢伙腦子不正常啊。

一段時間後卻感覺我們仍然在原地踏步。真是令人煩躁的緩慢時速。這時文靜少女平靜地說：

「你給她公主抱吧。這樣太慢了。」

「嗯，也是。」

咦！為什麼這種時候特別果斷！一般都會先遲疑一下吧！更何況為什麼是公主抱不是普通的後揹？然而我來不及抵抗就被攔腰抱起，不禁「呀嗚」了一聲。

生平第一次的公主抱竟然給了這個不修邊幅的邋遢傢伙，如果昨天的我有預知能力肯定會抱頭痛哭吧……不，假如真的有預知能力我就不會去追虎胖了。

唉，我到底在幹嘛啊。儘想這些毫無用處的東西。

「這種抱法應該不會掉下去吧？」

別講那些令人不安的內容啊！我不禁嚇得抓緊頹廢男的手臂。

「身為男人就給我撐住！」

「靜，妳昨天才在大力提倡男女平等不是嗎……」

頹廢男和文靜少女一路上不停拌嘴。雖然主要是頹廢男開口、文靜少女嚴厲糾正、頹廢男沮喪閉嘴的無限循環。不過我這才從對話內容發現原來頹廢男的正職是寫小說。從文靜少女的口吻聽起來，頹廢男還是個挺了不起的作家。

這就是所謂的人不可貌相嗎？

幸好直到抵達晴空莊時，我都沒有掉下來過。感謝上天。

頹廢男和文靜少女貌似打算進房替我包紮，不過被我正色拒絕了。如果連替自己收拾殘局的能力也沒有，我寧願去當一隻水蚤。

翻出放在衣櫃深處的醫藥箱，用生理食鹽水和優碘簡單消毒後，我躺在地板上，忽然之間什麼事情也不想做了。

世界上還是有好人。

儘管腦中有個聲音說著「只不過是藉由幫助他人獲得成就感的偽善罷了」，然而受到幫助的我仍舊相當開心。

一直躺著總不是辦法，努力振作的我隨手抓了幾件衣服，走到浴室。淋浴時傷口傳來的疼痛感令我咬緊牙根。在結疤之前還是別用沐浴乳了。

這時我才遲來地想到沖水之後優碘豈不是白擦了，不禁感到懊悔不已。

鏡子裡的自己膝蓋磨破了，頭髮亂糟糟的，眼睛也哭紅了。

今天真是不順遂的一天。

苦笑在滿是蒸氣的狹窄空間格外響亮。

儘管頭髮尚未吹乾，不過我還是直接躺到床上。

啊啊，天花板那邊有塊深藍色的汙漬啊。嗯？總感覺之前似乎想過這件事情。這就是所謂的既視感嗎？

後腦杓隱隱約約傳來刺痛感。記得小時候頭髮沒擦乾就跑去睡覺時，總會被媽媽罵說「那麼做醒來之後會頭痛！」原來那是真的嗎？我一直以為只是某種沒有根據的迷信罷了。

冷靜下來後便開始被徘徊在房間的熱氣襲擊。左翻右滾卻依然睡不著的我決定下去找爺爺聊天，好打發時間。仗著孫女這一點，我相信不管何時爺爺都會張開雙手歡迎我的。

我到爺爺房子敲了敲門。不久，穿著藍白色圓點睡衣的爺爺隨即出現。

「真是青春的模樣啊。」

即使是這種時候，爺爺依然笑著。不會像爸爸、媽媽一樣大驚小怪地詢問我發生了什麼事情，這點令我倍感放鬆。

「正好今天傍晚摘了小番茄，要吃嗎？冰冰甜甜的很棒喔！」

「……嗯，我要。」

「那麼先到庭院等一會兒吧。我準備一下。」

在星空燦爛的夏夜，我和爺爺肩並著肩，席地坐在庭院的草坪。

小番茄表面仍然帶著水珠，在壓克力碗內微微滾動。

「沒有叉子之類的嗎？」

「昨天臨時需要大量的銀來做一個皇冠，就把廚房的餐具都熔掉了。」

「好吧，那也是沒辦法的事情。」

「對呀，是沒有辦法的事情呢。」

「爺爺，對不起，上次我的態度很不好。」

「沒關係啦！妳現在還擁有撒嬌發脾氣的權利，等到出社會之後可就不行了。這樣一想，如果現在沒多吵幾次似乎就虧了。」

「那算什麼啊。」我忍不住笑出聲音。爺爺也笑了。

我伸手拿起小番茄。渾圓的冰涼觸感經由指腹傳到全身。

「——吶，奶奶是個怎麼樣的人？」

爺爺愣了愣，接著露出宛如午後陽光的和煦笑容說：

「很溫暖，很可愛，雖然有時候會讓人感到擔心，不過我連同那點在內地深愛著她……若要用一句話形容，就是個令我想要一直注視著她的人。」

「我以後也會遇到想要一直看著我的人嗎？」

「這個嘛，或許很難呢，畢竟世界上有這麼多人，相較之下我們能夠和其他人相遇的機會又太過稀少了。」

爺爺輕輕笑著，扳起手指。

「仔細算算，我們一生能夠遇見其他人的機會屈指可數，其中又以學生時期最多。小學、國中、高中和大學，每一次的分班和升學都會認識數十名陌生人，直到進入職場之後才會發現已經沒什麼機會認識其他人了。只可惜，理解到這件事情的時候大多都太遲了。」

「那樣豈不是沒機會了。」我苦著臉說。

「不過世界上一定存在那個命中注定的他。只要涵涵繼續相信著這點，遲早會和那個他相遇的。」

簡直是理想論嘛，那種幾近天文數字的機率怎麼可能有辦法在這輩子內發生，不過……這麼想似乎也不壞。我舔了舔沾著黃綠汁液的手指，微笑說：

「只有看得見鬼魂的人有資格否定鬼魂存在，對吧。」

「正是如此，所以只有遇到命中注定對象的人才有資格否定這件事情。看來涵涵也開竅了。」

「嘿嘿。」我拿起最後一顆小番茄，塞入嘴巴之後用舌頭將它頂到臉頰，感受光滑冰涼的外皮。

「那麼我差不多要回去了。」

「晚安，涵涵。」

「……嗯，晚安。謝謝爺爺願意陪我。」

「當初不是說過了，隨時可以來找爺爺喔。」

爺爺笑得皺紋都彎曲了。

離開那棟被藤蔓半覆蓋的屋子後，我緩緩穿越晦暗的庭院。

半夜獨有的沁涼空氣直竄入鼻腔，令我不禁想要在室外多待一陣子。畢竟沒有睡意，回到房間也只是在悶熱的地板上滾來滾去罷了。

我坐在通往二樓的階梯，抬頭發呆。

小番茄的甜味依然留在口中。

這裡真不愧是鄉下城鎮，星空的耀眼程度遠遠超過都市。伸手一握似乎就能夠抓到數十顆星辰，可是直到我的脖子都僵了，卻還是找不到夏季大三角或獵戶座。不過仔細想想，我除了名稱之外一無所知，找不到也是理所當然的。

✣
✣
✣

在從夢中醒來之前，總會有一段介於現實與夢境的神奇時間。

我明白腦袋已經清醒了，卻也感覺夢的情節相當清晰，若是任由睡意驅使睡回籠覺的話，大多可以延續夢的情節。

今天也是如此。儘管醒來一瞬間，但是我隨即緊閉眼睛，試圖讓夢境延續。

站在我面前的那傢伙笑得相當開心，連牙齦都露出一大截。從背景推測，應該是我和他的第五次約會，在動物園的企鵝館。

那也是我和他第一次接吻的地點。

那傢伙的嘴唇相當乾燥，親得方式也很粗魯，然而我的胸口卻不爭氣地激烈跳動。緊接著我醒來了。微微燥熱的眼角殘留著淚水。

我喜歡過的那個他卻不喜歡我。

我被甩了。

我失戀了。

我哭了。

「是嗎……原來這就是失戀的感覺啊。真是痛徹心扉又令人煩躁不已。」

抱著膝蓋的我蹲坐在樓梯旁。生平首次感覺到的痛楚幾乎令我無法呼吸。

常常聽說承認之後心情會特別舒坦，事實上卻不是如此。後悔、挫折和自尊心幾乎要將我壓垮。我只是害怕受傷的膽小鬼，躲在自己製造出來的保護殼之內說著自以為是的帥氣台詞，卻連一步都不敢跨出自我設下的界線。

「——哇！為什麼這麼早還有人！」

一名沒見過的高中男生忽然在身後大喊，誇張地高舉起雙手。只見他穿著硬底襯衫和牛仔風格的過膝短褲。明明分開來看都是正值流行尖端的服裝，組合在一起卻顯得莫名彆扭。簡單一句話就是很不搭。

「呃……妳該不會睡在樓梯吧？妳在哭嗎？呃，那個，糟糕這個時候該怎麼辦，雜誌沒寫過怎麼安慰清晨在階梯哭的女生啊……」

手足無措的高中生陷入短暫的混亂。

「啊！還是說妳忘記帶鑰匙出門，所以才待在這邊。我陪妳去找房東爺爺吧，剛才看見他好像就在下面的菜圃那邊……」

為了揮別這樣的狀態，為了讓自己有所前進，我自己必須先有所改變，否則只會繼續在玻璃之內自怨自艾。

「──沒關係，我沒事！」

我向高中生鞠躬之後立即大步踩著咿呀作響的樓梯跑下樓，卻在最後一階的時候不小心去踢到右腳的小指，痛得發出不成聲音的悲鳴。

泛著淚光的眼角似乎看見虎胖原滾滾的身影鑽過街角。牠醒得可真早。不過也有可能只是其他野貓。然而無論那隻貓是不是虎胖，牠都不會過來安慰我，也不會舔我。按照貓的個性，只會瞄我一眼，發出呼嚕呼嚕的聲音後繼續未完的腳步吧。

「去談判吧！」

我用力拍了拍臉頰重整氣勢，走向爺爺的屋子。

戴著巨大草帽的爺爺正站在菜圃的邊緣滿意地打量。腳邊堆著一小疊草根連著土塊的雜草。翻弄泥土的味道飄散在空氣中。

「早安，涵涵。清晨的空氣對於思考人生很有幫助喔。」

「我說爺爺，晴空莊不能裝台冷氣嗎？」那種溫度根本是逼人早起嘛。

「自然的微風是最舒服的。」

「……就算我自費請人來裝也不行嗎？」

「不行。」

被如此果斷的拒絕，看來只能每天都被熱醒了。做好覺悟的我在心底嘆息。只要撐到冬天應該就會比較好過了。

「吶，爺爺，晴空莊內可以養寵物嗎？」

「可以啊，畢竟對於魔法使而言，使魔也是必須且重要的夥伴，如果只有我一個人可以和動物們相處未免太不公平了。不過妳得自己去徵求其他住戶的同意，如果有住戶抗議的話也得想辦法處理。」

「我知道了。」

「那就沒問題了。」爺爺露出笑容說：「恭喜妳，涵涵，從今天起妳正式成為晴空莊的住戶了。」

那時我才理解自己的想法全部都被爺爺看穿了。或許爺爺真的是魔法使也說不定。

回到房間之後總感覺精神格外清爽，就像精神被澈底洗滌似的，不管看什麼都會覺得閃閃發光。不過也有可能單純是睡眠不足而產生的興奮感。腦內啡真是強大。

由於做什麼都覺得精力無處發洩，我便決定替房間來一場大掃除。

一小時後滿足的我揉著痠麻的手指，插腰站在床上俯視煥然一新的房間。

當初不嫌沉重從老家帶來的所有關於那傢伙的東西都被包在垃圾袋內，友好地在玄關處擠成一塊。我不需要留下有形的物品來紀念這輩子第一次的戀情，因為我明白自己不可能忘記與他的回憶以及第一次愛上他人時所體會到的感動。

有這些就足夠了。

✣
✣
✣

「垃圾的話明天再拿去扔吧……也差不多該吃晚餐了，但是運動過後不太想吃東西。話說我又開始熱了，爺爺當真不打算裝冷氣嗎？汗一直流沒停過耶。」

受不了熱氣翻騰的房間，我到走廊倚靠著欄杆吹風，順便久違地打電話回家。

電話只響了三聲就接通了。隨後是幾乎要成為慣例的噓寒問暖，當然我也應答如流地回應。啊！風吹過來了！真是舒服。

「話說回來妳何時才要回家？下周？還是下下周？爸爸的同事寄了一大箱梨子到家裡，我正愁吃不完呢。」

「妳可以把梨子寄過來，順便給爺爺。還有我要繼續住在晴空莊喔。」

「嗯？是喔？妳以前不是很討厭那棟建築物？每次要帶妳回去都大吵大鬧的，都和爸爸折騰許久才肯就範。」

媽媽似乎邊講電話邊吃水果邊看日劇。一直聽到咀嚼聲和日文。

「我的意思是，即使暑假結束我也要繼續住在晴空莊。爺爺已經同意了。」

「啥？」電話那端的媽媽愣了愣，忽然用飆高八度的高音罵：「妳在說什麼啊！當初不是講好只讓妳去住一個暑假嗎！」

「嗯，我改變心意了，所以才打電話的。」

「妳才只是高中生耶！怎麼可能讓妳一個人住！」

「即使每天早上五點起床通車也沒關係，我要繼續住在晴空莊。」

沒想到同樣的宣言要重複三次之多。總感覺幹勁都減少了，真是的。

電話的另一頭，媽媽和爸爸似乎為了爭奪手機而亂成一團，聲音斷斷續續的完全聽不懂他們想講什麼，我乾脆地滑動拇指結束通話。在這個悶熱的夏日午後，只要有蟬聲就足夠了。

透過欄杆縫隙，我看見不曉得從哪裡鑽出來的虎胖大搖大擺地走過晴空莊的庭院，伸展身體發出愜意的呼嚕聲，接著蹲在碗豆的支架旁抬眸瞄了我一眼。

「今後請多多指教了。」

虎胖沒有理我，只是逕自扭動圓滾滾的身軀在草叢拱出一個舒適的空間，埋頭開始睡午覺。

第四章　魔法使與他所愛的人們

師父曾經說過，夏日的陽光帶著魔力。

那是一種會令人沉迷其中、不知不覺間無法自拔的神奇力量。

自從那個時候起，我就開始注意那些容易被忽略的景色。譬如在牆角隨風搖曳的小雛菊，又或者是積在泥土地的水窪。

穿過熟悉的街角，鬆了一口氣的我不禁喊出聲音。

「喔喔喔！真是令人懷念啊！完全沒有變耶！」

我摘了鴨舌帽，抬頭仰望著眼前歷經多年而呈現出時光痕跡的破舊建築物

被幾抹雲絮刷過天空清澈且湛藍，晴空莊在陽光的照耀下發出淺淺的光暈。不過階梯似乎有換成新的，鐵紅色的欄杆相當醒目。畢竟應該沒人想爬樓梯爬到一半忽然享受垂直落體的快感。還記得我搬進來那時是相當有古早韻味的木製階梯。

雖然整體看下來晴空莊還是一樣破爛，不，應該說更加破爛了。

記得上個月來襲的颱風號稱十年以來的強颱，真虧晴空莊竟然沒倒。

雖然很想立刻進入睽違許久的房間內休息片刻，只可惜我在第一道防護措施的大門就遇到瓶頸了。

「話說回來鑰匙到底放哪去了……該不會掉在某個國家的水溝或是草叢吧？這下可麻煩了。警察局會受理丟在國外的遺失物嗎？感覺處理手續會很麻煩耶。」

「──喔！這不是老夫的頭號大弟子嗎！如何？旅途結束了？」

有個渾厚的聲音從身後傳來。只見師父依然穿著喜愛的鮮豔襯衫和短褲，健朗地舉起手打招呼。

「師父好！好久不見了。」

「怎麼會忽然跑回晴空莊？」

「正好護照也快過期了，順路回來休息一下。話說回來，師父，我好像把鑰匙弄丟了，能不能施展個『不用鑰匙就能夠開門』的魔法幫忙一下？」

「雖然有『請烏鴉和貓幫忙尋找鑰匙』的魔法，不過那招很花時間的，最簡單的方法還是找鎖匠。」師父攤著手說。

「如果可以的話，我還是希望能用比較魔法一點的方式開門。」

「這麼說起來，房子後面有幾塊不用的木板。原本是打算拿來幫可愛的孫女做個狗屋，後來才想起她養的不是狗。」師父哈哈笑著說：「如果你有用到就拿去吧。」

「明白了，弟子謹遵師父吩咐。」

等到師父的背影消失在視野，仔細琢磨話中深意的我深呼吸口氣，在緊鎖家門前站好馬步，然後學電影主角的方式高高抬起右腳踹開門板。

轟地一聲巨響。連晴空莊都為之搖晃的踢擊成功踹開一整年都沒開過的鎖頭。門板以優美的弧度倒下，而隨後激起的灰塵布滿整間房間，甚至以媲美空氣砲的速度向外衝。

若這是一場電影，此刻主角應該會帥氣十足地踏入房內，瀟灑說出「一切都和離開時一樣」之類的瀟灑台詞。只可惜現實總不會盡如人意。

「——痛死了！主角的鞋墊到底有多厚啊！」

在漫天灰塵當中，我捂著腳底倒在地面繞圈圈。裂開似的腳掌不停抽痛。雖然毫無依據，不過總感覺師父此刻一定在大笑。

用帥氣的笑容打發掉從二樓下來關切的住戶之後，我跛著腳踏入睽違一年的房間。

「原本以為什麼東西都沒變，不過這可真是超乎預料。」

藤蔓植物從破了個洞的牆角鑽入，堂而皇之地佔據了半邊牆壁和書桌。真是名副其實的綠建築啊。

將房間暫時收拾到可以住人的程度後，太陽已經西沉許久。白天不曉得躲到哪裡的蟲子紛紛集中到庭院，開始發出謳歌夏日的鳴叫聲。我拍去掌心的灰塵，看著化為庭院一部分的牆壁幾秒，想了想還是沒有清掉那些藤蔓植物。畢竟以待在這間房間的時間長短來看，或許我才是入侵者。

「果然還是自己出生的國家最能夠放鬆。」

我將手肘靠在窗軌，悠哉地開始發呆。

「——咦？為什麼門板……」

聽見說話聲，轉移視線的我看見一位樸素的眼鏡女孩訝異地站在門邊，凝視和地面親密接觸的門板。

「請問妳有什麼事情嗎？」

「那個……不好意思，我是住在二樓二〇二號房的住戶。」

猛然回神的她音調平順卻有些突兀，應該事先寫好了稿吧。這年頭已經很少這麼有自我規矩的女生了。不過已經說了二樓又說二〇二，她未免也太緊張了。

我不禁露出微笑。這是師父教導過我的最簡單的魔法。

眼鏡女孩回以略顯僵硬的微笑，不過顯然稍微放鬆下來了，緩緩道出來意。

「其實是……我打算養一隻貓。」

「我記得晴空莊可以養寵物吧？」

有什麼問題嗎？雖然我比較喜歡狗就是了。

「爺、房東說可以。只是叫聲或許會吵到其他人，所以要我先向其他住戶報備。當然，如果之後太吵或有其他問題，我都會負責處理。」

「我不介意喔。」

喔，原來她是師父的孫女。這麼說來，的確在眼角挺相似的。

孫女禮貌地點頭道謝，如釋重負地小步跑上階梯。

原本我打算再接再厲將門修好，不過夏夜的晚風太涼爽了，根本不是流汗勞動的時候，況且仔細想想少了一扇門並不構成什麼問題，說不定還會更涼呢！於是就決定保持原狀了。

自然萬歲。

雖然中途看似要去買宵夜的二樓住戶疑惑地朝我的房間瞥了眼，不過當我露出笑容對他豎起代表「沒問題」的大拇指後就匆匆忙忙地跑走了。他應該是在害羞吧？這年頭容易害羞的人越來越多了呢。

✣ ✣ ✣

隔天起床時便看見門旁有一封用石子壓著的信封。真是古典的方式啊。拿起信封的我訝異發現竟然是用紅蠟封起的，中央還蓋了一個英文字母F的印章。

「打從中世紀以來就沒見過這種款式的信件了。」

頗為感嘆的我從口袋取出瑞士刀，彈出刀片後割開信封。薰衣草的香味隱約傳來。真不愧是師父，連小細節也如此講究。

我攤開信紙，只見上頭用墨水寫了「到我家集合」這樣簡潔的內容。儘管沒有註明時間，我還是決定立刻過去。

走到師父房間的時候只見大門敞開，一副「歡迎各位自由入內」的模樣。我也就不客氣地大步跨入。久違地進入師父的房子，玄關的第一印象倒是和以往相同。摩艾像真是帥氣。

「師父？我進來囉。」

「歡迎歡迎。」身穿碎花圍裙的師父從走廊深處的廚房探出頭說。

「師父，我看到你的信了。」

「你先去客聽等一下吧，餅乾快烤好了。」

所以今天是手工餅乾的茶會嗎？

師父的客廳也是依然充滿了歡樂感，到處擺滿從世界各地收集而來的傳統工藝品。以前我曾經拿某樣師父送我的小吊飾給大學同學鑑定，專攻美術的同學立刻雙眼發光地想要高價收購，想當然，我拒絕了。

我似乎是最後到達的住戶。不過真是怪了。明明我去旅行前所有的房間都只住了一個人才對，為什麼參加會議的住戶都出雙入對的？這樣豈不是讓單身的我顯得很淒涼嗎？可惡，要不要趁現在衝去外面隨便抱隻貓啊狗啊？

可惜在我猶豫的時候師父端著一盤餅乾踏入客廳，錯失了時機。

在師父的指揮下，住戶們按照順時針的順序入座。分別是小說家和捧著書的文學少女、經常幫我照顧菜圃的小弟和他的女友（應該吧？）、師父的孫女以及胖貓，最後才是我。

按耐不住的眾人在餅乾放到桌面的瞬間就發動攻勢，眨眼過後餅乾就消失大半了。某次我曾經在中東地區偶然見過私人傭兵團的攻堅行動，和眼前的景象幾乎相同。

眾人搶攻餅乾時我忍不住觀察師父的反應。

他微笑著準備起花草茶，並且適時地將白色陶瓷杯子擺到每個人面前。等到餅乾被一掃而空，眾人開始邊喝花草茶邊閒聊的時候，師父清了清喉嚨站起身子，露出一如往常的笑容。

「各位，晴空莊即將被拆除了。」

或許是大家一時之間尚未理解，再加上淡淡的甜味令神經鬆弛，住戶們依然愉快地捧著陶瓷杯子。

「——啥？」

抱著貓咪的孫女第一個反應過來，難以置信地起身大喊。

「你在開什麼玩笑？」

「這塊地本來就被規劃成都市更新區，之前因為廠商內部談不攏導致一直放著不管，最近他們換了個高層之後似乎決定要大力整肅這塊地，於是就變成這樣了。」師父輕描淡寫地說。

那瞬間室內的空氣為之一變，其他人似乎一時無法理解這些話的意思。

沾滿餅乾屑的手紛紛停在半空中。

「——我不接受！」

孫女率先激動地喊，被她左右搖晃的貓咪大概開始暈了。只見牠不悅地抓了好幾爪，成功掙脫束縛之後大搖大擺地蹲在桌腳。

「唉，虧我還想存夠打工錢之後來煩房東爺爺讓我住耶。」小弟女友整個人軟趴趴地倒在桌上，洩氣地嘟起嘴唇。

「妳不是被拒絕入住了嗎，居然還沒有放棄啊……」小弟無奈地說。

「我看起來像是被拒絕一次就會放棄的類型嗎？」

「的確不像啦。不過現在好歹在房東爺爺面前耶，講這麼明白好嗎。」

「這是策略，你不懂啦！」

總之先不管小弟和女友的雙人相聲，晴空莊要拆除的確是一個重大問題。我現在可沒有多餘的存款能夠搬家，再說了其他地方的房租肯定不會像晴空莊一樣這麼便宜。這真的是一個相當嚴重的大問題！

「那個……這件事情已經定案了嗎？還是尚在討論階段？」

小說家舉手提問。而一旁的文學少女也將書籤夾在頁縫，闔上小說專心傾聽。

「基本上處於反對也沒用的狀態，畢竟連政府的許可執照也下來了。」

「那算什麼！沒有住戶的同意就要拆建築物也太霸道了。我堅決反對！即使要動員其他人去向廠商抗議也在所不惜！」

「應該是建商才對吧？」

孫女的嘴角微微僵住了，不過倒是氣勢不減地重複了一次。

「那算什麼！沒有住戶的同意就要拆建築物也太霸道了。我堅決反對！即使要動員其他人去向建商抗議也在所不惜！」

「涵涵呀，妳要做什麼是自己的自由，只不過妳不能擅自將自己的想法加諸在其他人身上，這是人與人相處最基本的禮貌。」

「唔！」孫女皺起臉，隨即用力拍桌，丟下一句「總之我絕對不同意！」就怒氣沖沖地跑出去了。被聲音嚇到的胖貓不悅地喵了聲，慢慢踱步隨著孫女的路線也離開了客廳。

見狀，其他住戶不禁都有些尷尬。我轉向依然氣定神閒的師父問：「放著她不管沒問題嗎？」

「安啦，年輕人就該憑衝勁去做事，盡量埋頭苦衝吧！哈哈！」

「那個……雖然我也持反對意見，不過既然已經是連反對也沒用的狀態了，似乎也沒輒了不是嗎？」

「因為你是很容易就放棄的類型啊。」文學少女冷靜插話。

「這只是單純的理性思考。」小說家不滿地低聲抱怨。

「總之我會去翻閱相關書籍，也會去找爸爸朋友的律師詢問，希望能找出讓晴空莊繼續保留的方法。」文學少女起身說：「今天我就先回去了，房東爺爺，感謝你的餅乾，很好吃喔。」

「有空歡迎隨時過來吃餅乾。」

「咦？等等，靜，妳借的這些書呢？」

「當然是放房間啊，難不成要我搬回家嗎？」

「有些是妳特別借來的參考資料耶，放我房間豈不是沒用了。」

小說家雙手分別提著一大袋書，踉蹌地追著文學少女的背影跑出去。見狀，小弟和小弟女友也點點頭，並肩離開了。

「結果所有人都反對啊……房客全體的意見一致還挺少見的，除了之前全體贊同安裝冷氣、全體贊同把階梯換掉以及全體贊同更新瓦斯熱水器系統。咦，這麼說起來，似乎也不太少見。」

「喔！時間差自我吐槽！」

「話說回來你似乎不太緊張啊，即使聽見晴空莊可能被迫拆毀的那時也是一臉平靜，難道有什麼好辦法嗎？」

「師父你就別逗我了，只不過是個失業遊民的我怎麼可能有好辦法，這麼從容只是因為我相信師父罷了。」

聞言，師父沒有多說什麼，只是打開櫥櫃，拿出一罐裝滿餅乾的玻璃壺微笑問：「要再來一片餅乾嗎？」

「當然。我要葡萄乾的，謝謝。」

✣ ✣ ✣

隔天起床時，透過窗戶，只見孫女拿著一疊傳單站在晴空莊的外側圍牆，一副看到人就會衝上前強迫推銷的模樣。

雖然之前就稍微察覺到了，現在才確信那女孩相當少根筋。在全部住戶只有四人的公寓前發傳單根本沒意義吧？一般來講至少該在鬧區或是車站之類的地方發才有效果啊。

等到我結束晨間的梳洗任務，卻發現孫女依然待在原地發傳單。她怎麼連一步都沒有前進啊？

我將額頭靠著紗窗思考孫女的行動邏輯時，正好看見小弟慌慌張張地跑過庭院。大概是約會要遲到了。

「——啊，被攔下來了。」

只見孫女帶著一夫當關、萬夫莫敵的氣勢守住唯一的對外通道，即使小弟偏著頭試圖快速穿越，不過孫女展現高超的步伐搶先擋在面前，張開雙手以自身作為肉盾成功攔住小弟。

「一起來守護我們的家園吧！」

「抱、抱歉，我跟人有約，趕時間……」

「一旦讓建商把晴空莊拆掉了，到時候就來不及了！」

「呃，的確啦，但是能不能改天再談……」

「所以我們要把握機會！盡快阻止這件事情！」

「不，所以說我在趕時間，已經遲到了……」

總感覺類似的鬼打牆對話正在進行。

看在小弟喊我一聲「大哥」的份上，過去解救他吧。

我套上衣櫃內最帥氣的長版墨綠風衣，等到走出房間才遲來地發現季節是夏天。好熱。已經開始流汗了。但是看被纏住的小弟一副要哭出來的樣子，我也沒有再換一套衣服的時間，努力擺出颯爽的姿勢邁開腳步。

「——二〇二的小妹！早上好！」

聞言，孫女立刻拋下成功機率不高的小弟，睜大閃閃發亮的眼睛直衝而來。

「你也願意陪我到建商的大樓抗議嗎？」

「居然說也……所以妳剛才得到小弟的同意了？」

「嗯。」孫女舉起手上的Ａ４紙說：「死死黏著要求他簽名，重複了十次台詞之後他就簽名了。」

這樣我出來的意義豈不是沒了？小弟呀，你以後很有可能會無法果斷拒絕而買了一堆用不到的清潔用品最後甚至被人騙去簽本票或是向地下錢莊借錢啊。這種個性真令人擔憂。

「——如何！你願意為了我們居住的晴空莊出一份力嗎？」

回過神來，孫女興致高昂地舉起署名單和原子筆。這丫頭倒是有成為直銷專家的天分，雖然這從某些角度來講也是挺令人擔憂的個性就是了。

「呃……抱歉，我最近有點忙耶。」

「沒關係！只要你能夠從繁忙的行程表中抽出些許時間，就能夠為我們的晴空莊作出貢獻！就算是半小時或是二十分鐘也好！」

「啊！這麼說起來聽說住在二樓的小說家打算利用他的人氣，在部落格和新作品中向這個社會表示這個事件的不公正性喔。」

「真的嗎！原來那傢伙真的是很有名的小說家啊。請問你方便現在和我一起去找他嗎？」

「嗯嗯？妳先上去吧，我先去房間換件衣服。這件有點熱啊。」

孫女以「這不是廢話嗎哪有白癡會在夏天穿風衣」的含蓄表情對我笑了笑之後，隨即噠噠噠地衝上二樓階梯。

雖然對小說家很不好意思。不過趁這個時候落跑吧！

「看來短時間內不能待在晴空莊了，不過我又沒有特別想去的地方……算了，久違地去那邊看看吧。」

雖然搭公車比較方便，不過我選擇徒步。許久沒回來的小鎮改變了不少，但是卻也沒什麼改變，不管什麼地方依然一眼就可以認出這就是我居住過的城鎮。

鬧區倒是多開了好幾間大型連鎖商店，販賣的商品也從衣服食物到家具寵物，可說是應有盡有。我最終佇足於一間位於鬧區角落的個人經營服裝店。

整片落地窗營造出明亮清澈的開放感，櫥窗內的假人模特兒各自擺出昂首擺手的姿勢，注視眼前來來往往的行人。而我發誓過要保護一輩子的女孩正坐在櫃台後，發呆似的注視牆上的巴洛克風格時鐘。上次離開時她還留著足以碰到胸口的捲髮，如今髮型已經變成俐落的斜瀏海。這種髮型也很適合她呢。

深呼吸之後我推門而入。

「歡迎光臨。」

女孩露出開朗的笑容起身，不過在看清來者是我之後，表情瞬間垮掉，有氣沒力地訕然說：「我應該說過別在上班時間來找我吧。」

「反正也沒客人不是嗎。」我舉起手中的塑膠袋，微笑說：「來，探班禮物。」

女孩嘆了口氣後坐回櫃檯，無奈地問：

「這種天氣幹嘛穿風衣啊，曝露狂嗎你……這次去了哪個國家？」

「日本。」

「喔？真稀奇。你向來都往南美洲或非洲跑不是嗎？甚至專挑那種隨時有可能死在路上的危險國家，這次怎麼會突然想去日本？」

「剛好是櫻花盛開的時間，想說這輩子還沒有親眼見識過那番美景就跑了一趟。果然滿開的櫻花可謂絕景，可惜那時待的地方是九州，不然就有機會看到雪櫻。」

「那是什麼？特別品種的櫻花？」

「如果在櫻花盛開的時候下雪，雪有機會積在櫻花花瓣，出現『雪櫻』的景象。」

「喔……聽起來似乎挺美的。」

這時一名打扮正經的ＯＬ走入店內。女孩朗聲喊了聲「歡迎光臨」，順便用眼角暗示我該離開了。懂得看氣氛的我自然不會繼續逗留，畢竟死纏爛打的男人可不受歡迎。

「對了，我不收你的飲料，請拿回去自己喝吧。」

「我有時間會再來的。」

「飲料。帶走。」

聽出女孩的聲音帶上怒意，我只好笑著提起裝飲料的塑膠袋，故作瀟脫地走出服裝店。女孩正拿著目錄，專心地向ＯＬ介紹今夏的最新流行，壓根沒再朝我瞥上一眼。這種專心於工作的態度真是令人敬佩。

我佇足在對街的人行道。如果是在經典的美國電影，這時候男主角應該要用手指夾著菸，望著裊裊升起的白色煙絮嘆息才對。只可惜我從不抽菸，無法營造出如此帥氣的氛圍。

一口氣將手上的飲料喝完，將空杯子塞入街口的垃圾桶之後，我繼續望著女孩開懷的笑臉。

✣ ✣ ✣

我和女孩曾經交往過。

在社團的迎新，我對那名獨自待在角落、靜靜喝著蘋果汁的女孩一見鍾情。

雖然有些老套且平凡，不過在電影、飲料、宵夜和夜景的聯合攻勢之下，我們在三個月後開始交往。

接著四年前，從私立大學畢業的我好不容易找到一份外商公司的業務工作。那時的我光是完成份內業務就筋疲力盡，根本沒餘力在意其他事情，自然也沒有時間約會，甚至連聊天也是頂著睡意和必須早起的疲憊感，常常因為心不在焉而被罵。

比我小三歲的女友還在盡情享受大學生活，熱衷於社團活動，雖然不曾明講，不過我也隱約發現她對我工作優先的態度感到不滿，於是在我畢業的一年後，她向我提了分手。

我已經忘記當時的自己是怎麼回答的。總之以結果而言，我和她分手了。

我依然喜歡著她。

無論分手那時，或是現在。

被甩了的我忽然不曉得自己到底在做什麼，不曉得自己為了什麼而努力，於是頂著父母和親戚的指責聲浪辭掉工作，逃到一個沒有任何人認識自己的地方。

異國的新奇感的確讓我暫時忘卻原先的煩惱，然而一旦習慣了非日常，那麼非日常也將變成日常。煩惱再次盈滿心頭，為了尋找更激烈、更蠻不講理的非日常，我開始涉足那些不會出現在旅遊書籍內的地方。

那時我親眼見識到每分每秒都有人正在為了新生兒的出生而喜極而泣、有人正在向心愛的人告白、有人正在將剛出生的嬰兒拋棄在水溝後離去、有人正在目睹車禍的發生、有人正在書寫情書、有人正在拿槍作戰、有人躺在醫院的病床面臨死亡、有人正站在大樓頂樓的邊緣思考要不要往下跳、有人正在握緊心愛的人的手、有人正在懷疑妻子外遇、有人正在簽署離婚同意書、有人正在接受生平第一個面試、有人正在吃著三天來唯一的一口飯、有人正在悠哉地望著藍天白雲。

這麼一想，區區的失戀似乎不值一訕了……怎麼可能有那種蠢事！她可是我最愛的女孩，她就是我的世界，被世界拋棄怎麼可能瀟灑地不當一回事。

叢林草原，雪峰山脈，海中小島，最終我在沙漠邊界的旅店遇見了師父。對於自稱是魔法使的師父，我幾乎沒有懷疑就相信了。現在想來，那時的我或許只是想找個心靈寄託罷了。

回國之後我立刻搬入晴空莊的一〇一號房，並且拜託師父希望能夠成為弟子。師父沒有同意也沒有拒絕，只是要我繼續旅行，直到心生厭倦為止。

✣ ✣ ✣

世間對於「失敗」的定義到底是什麼呢？

賺到幾千萬就是成功了？和心愛的女孩結婚就是成功了？經營好家庭就是成功了？達成夢想就是成功了？

那麼根據這些定義。被心愛的女孩甩了，辭掉工作，拿存款和父母的錢在世界各地亂晃的我就是最失敗的人嗎？而盡情享受大學生活，畢業之後按照夢想開了一家小小的服飾店，和論及婚嫁的公務員男友甜蜜同居的那女孩就是最成功的人嗎？

正是這樣沒錯吧！

我買了罐咖啡，在便利商店外面的桌椅區挑了個不會曬到太陽的位置坐下，小口小口地喝著。儘管已經過了許久，每次看見女孩總會覺得痛徹心扉。

「說時間會撫平一切的傢伙根本是個睜眼說瞎話的混蛋嘛。」

我苦笑著扔出鐵鋁罐。

反射橘紅夕陽的鋁面劃出一道銀色弧線，匡啷地正中垃圾桶。

長大之後總得面對許多不順心的事情。其中，我認為「喜歡的女孩不一定會屬於自己」這點最令人無法忍受。

無論自己的感情有多深，無論自己付出了多少心力，只要對方沒有萌生愛意，那麼被甩掉的人除了接受之外就沒有其他的選擇了。這件事情就是這麼簡單，也這麼殘酷。

「總覺得稍微能夠理解文學作品中主角失戀後做出瘋狂舉動的心境了。」

直到天色由橘紅轉為紫黑，我才再次起身，拍了拍發麻的大腿。

這個時間孫女差不多該放棄了吧？不過考慮到她的積極性我又不敢確定。暫時不想和其他人打交道的我決定慢慢散步回晴空莊。

路程說遠不遠、說短倒是也不短。等到我走回沒有房門的一〇一號房，安心地看見沒有人守在門口觀望。太好了，二樓三間房的燈都是亮著的，孫女大概已經回到房間休息了。

「太好了太好了，如果孫女還蹲在門口埋伏，我可能就真的得陪她去建商那裡抗議了。」

隔天一早，我被響亮的敲門聲驚醒。

但是不對啊，我房間明明沒有門，那麼敲門聲到底是怎麼回事？

艱難地將身子轉個圈變成趴睡，我抬起脖子看向門口。朦朧中似乎有個叉腰的少女凜然而立。

唔，陽光好刺眼。

「敢問有什麼事情？」

「有急事需要全體住戶一起討論，請現在到房東的客廳集合。」

「現在？才凌晨八點耶？」

「除了高緯度的國家之外，通常不會有人將八點稱為凌晨。」

「南北極有永晝現象喔。」

「別扯那麼多廢話啦，快點過來。我可是沒計較你昨天騙我的事情耶！」

大概就在這樣的半強迫對話之下，晴空莊召開了第二次的住民大會。順帶一提，範例對話的說話者是還沒睡醒的我和柳眉直豎的孫女。不過如此蠻橫又無禮的邀請方式，結果自然不會好，本次大會的參與住戶銳減，加上孫女也只有小說家和我三名。從小說家翹得亂七八糟的頭髮看來，應該和我一樣剛剛才睡醒。

「所以誰可以告訴我為什麼要待在這裡？」

居然連理由都不知道就被抓來了，難道小說家有把柄被孫女抓住了？

「等等就要講了啦！安靜聽著！」

小說家縮了縮脖子，結束他的回合。看來單純只是小說家的個性懦弱。

「……連胖貓都不肯來啊。」

我忽然有些忌妒那隻此刻正窩在某個陰涼處大聲打呼的胖貓。如果真的有輪迴轉世，下輩子當隻貓似乎也不賴。

我曾經問過師父，成為魔法使最重要的條件是什麼。

「——真是個有趣的問題。」

那時我已經知道師父不立刻回答問題時大多都因為不曉得答案。然而他總有辦法在短時間內想出帥氣無比的回答，這點也令我佩服。

師父抬起頭，伸手做出撫摸鬍子的動作。雖然師父只有短短的鬍渣，不過相信他這麼做一定有深意。沒有理由的，我也跟著一起抬頭仰望晴朗的夏日天空。

將天空劃成兩片的飛機雲飛向更高的彼端。

「你心中所描繪的未來藍圖當中，有希望存在。」

「真是一句名言啊，師父。」

「對吧。」

師父露出爽朗的笑容，對我豎起大拇指。

「──所以我說！廠商那些人只會敷衍了事，連一個正面的答覆也不肯給我，即使繼續和他們談下去也只是浪費時間！」

「所以妳想怎麼做？」

「找更高層的人談！社長或是總裁之類的！總之要找一個能夠做主的人！」

「我覺得他們根本不會理妳就是了……」

回過神的我發現住民大會依然在繼續。孫女的毅力和長篇大論真不是蓋的，將來肯定會成為女強人的！

其餘過程我大概是疲累過度導致記憶出現缺損，就結果而言，終於被解放的我和小說家活像是兩隻喪屍癱在門口大口喘息。反觀孫女倒是神采奕奕地拿著我們倆的簽名不曉得去做什麼了。

這時我才發現已經是夕陽西落的傍晚時分，原來我們討論了那麼久嗎？久到連午餐都不曉得就過去了。半死不活的小說家拖著腳走上二樓，嘟囔著要去睡回籠覺。

傍晚的回籠覺的確很有吸引力，我正打算跟隨小說家的腳步回去床鋪補充一下消耗掉的腦細胞，走回一〇一號房時卻發現有位帥氣短髮少女大剌剌地站在房間正門口，環著手臂打量沒有門的玄關。

……大家對於我家玄關的興趣真濃啊。

「妳是小弟的女友對吧？上次在住戶大會見過面。」

帥氣少女大方地將視線移動到我身上，微笑詢問：「請問你是？」

「妳不認識我啊。」我抓了抓頭髮，努力尋找措詞說：「我是住在晴空莊一樓的住戶。上次開會議的時候見過妳，妳有印象嗎？」

「好像有耶！」

於是三十分鐘後，我和小弟的女友面對面坐在一家裝潢時髦的義大利麵店。會變成這種奇妙的展開我自己也挺訝異的。

「這家店我之前和他來吃過，挺不錯的。」

女友熟絡地瀏覽過菜單，隨即伸手請店員過來說：

「不好意思，我要一份墨魚義大利麵。」

「請給我一樣的，謝謝。」

鞠躬之後不久，店員很快就端上兩盤黑漆漆的料理。真是勇氣可嘉啊，小弟的女友。

女友豪邁地捲起一大串的麵條放到嘴裡，一下子就吃得滿嘴烏黑。這種落落大方的個性也不錯。至少以我的觀點來看，在異性面前毫不做作的類型比起故作嫻淑的類型好相處多了。雖然也有可能單純我沒被小弟的女友當作異性看待，畢竟在高中生看來只要出社會的人都是大叔了。

「那麼請問你找我有什麼事情呢？是關於我男友的事情嗎？」

吃完墨魚麵之後先到洗手間將容貌重新打理完的小弟女友啜飲著套餐附贈的冰奶茶，這麼詢問。總不好回答只是不想一個人來餐廳吃飯的我思索片刻。

「我平常沒有什麼機會碰見其他人，想說正好我們有晴空莊這個連結，就約妳來吃個飯，聊個天。」想了想後發現剛才的台詞很像搭訕新手的爛台詞，補充說：「啊啊，我沒有別的意思喔。」

「喔？這麼說起來大哥是做什麼工作的？」

忽然之間直球就扔過來了。還好我久經沙場打滾，這種程度的直球可以乾脆地敲回去。

「很難用一句話說清楚。簡單來講，大概是到處旅行吧。」雖然是失業狀態就是了。

「真的嗎！那樣感覺超酷的！我以後也想做類似的工作！對了，你有去過祕魯嗎？我朋友原本打算趁今年寒假去祕魯自由行，但是家人極力反對，聽她抱怨的頻率應該是去不成了。」

真不愧是年輕人，一口氣就扔了好幾個問號過來。

「去過喔。」

「好強！那裡肯定很漂亮對吧！雲霧中的馬丘比丘超令人嚮往的。」

「的確只有親自去一趟才能夠體會那裡的美，照片或影像是無法感受到的。」

「真好啊。畢業之後希望能夠兩個人一起去外國玩，大學生的話時間應該比較有彈性，可以安排長時間的旅遊。」

能夠將對方自然地放入自己的未來藍圖，真是令人羨慕的關係。我不禁莞爾說：「希望有一天可以參加妳和小弟的婚禮。到時候可要發喜帖給我這個大叔喔。」

「當然啦。」

小弟女友露出發自內心的開懷笑容，用犬齒咬著吸管說：

「對了，今天感謝請客囉！」

「不客氣。」

之後護送小弟女友到公車站牌，再次回到晴空莊一〇一號房時我不禁重新端詳一下自家玄關。的確客觀來看，沒有門的房子很令人好奇啊。

如果下雨的話可能會把房內潑濕……不過也沒有丟掉會心疼的貴重物品，潑濕就算了吧？我姑且先將門口附近的東西往內側推，這時一張差點被埋沒在雜物堆內的紅色信件悄然滑了出來。

「——喔？紅色炸彈？」

我忽然有種一語成讖的感覺。雖然我也明白這句成語不適合用在這裡。

由於一年到頭都在外遊蕩，我的衣服大多都是方便行動的休閒裝，為了找出一件體面的正裝可真是費煞苦心。即使翻遍了衣櫃，依然只能找到剛畢業時買的發霉舊西裝和發霉的布料。總感覺空氣中都有孢子在飄了。腐海大概也就是這副情形吧。

至於在旅途中所買的奇裝異服更是派不上用場。要是我穿著蒙古的德勒或頭上包著印度的特本，還沒進門就會被守衛趕出來了吧？

靠著膠帶、大量清水和吹風機的緊急處理，西裝總算恢復到可以見人的最低標準。這時總會想如果有魔法就幫大忙了，不過因為這種事情就去麻煩師父，我可就沒資格自稱是他的頭號弟子了。

我在立身鏡面前左右調整角度，然而怎麼看都嫌小的西裝穿起來只有「彆扭」兩個字可以形容。唉，但是除此之外也沒有其他選擇了，就這樣吧。

看了看手錶發現時間差不多後，我走出房間時，正巧和走下階梯的小弟撞個正著。

「大哥！為什麼穿得這麼正式……難不成要去找廠商談判嗎？」

「不是啦，要去參加大學學弟的婚禮。你也要去和女朋友約會對吧？」

「啊……嗯！」

年輕真好。雖然我覺得小弟最好換一套比較適合自己風格的服裝，不過既然他擺出了那麼燦爛的笑容，我也不好意思多說什麼，默默地目送他跑出晴空莊後才跟著走出去搭公車。

雖然聽說過女孩子都嚮往六月新娘，但是那時我和她似乎鮮少聊到類似的話題。對於還只是大學生的我們而言，光是傾吐彼此的感情就佔了生活的全部，沒有多餘的時間去思考未來，等到出了社會，真正踏在未來之上的時候卻又因為太過認真對待未來而失去了感情。

舉辦婚宴的餐廳是這座城鎮最高級也最貴的飯店。光是鋪滿大理石地磚的大廳和施華洛世奇的水晶吊燈就足以顯示要在這裡宴客的難度。新郎這次可真是下足血本了。

在入口處研究一會兒各廳房的名單後，我信步走到二樓。

剛踏入以銀白色調為主體的寬敞廳房後，就看見頭髮全部往後梳的新郎正在舞台邊和好幾名身穿西裝的大叔談話。當初還是個老愛捉弄其他人的調皮學弟，現在卻也是一副成熟的社會人模樣了。

不小心對上眼的我只好苦笑著舉起右手打招呼。只見新郎和賓客們講了幾句後隨即小跑步向我靠近，開朗地揮手說：

「喔喔！社長你來啦！」

「我記得你也當過社長吧，我的下下屆。」

「對我來說社長就是社長啦！話說回來，社長差不多爬到幹部階級了吧？我畢業前就聽說社長在那家大公司上班了。今年那家公司的年終分紅還多到上新聞了。」

「啊……其實我早就離職了。」

「哎！明明是那麼難進去的大公司！為什麼？啊！難道說跳槽到更好的公司了？最近合併了荷蘭公司的那家嗎？還是從英國過來投資的那家？」

「嗯……現在姑且算是自由業，利用儲蓄到處去其他國家晃晃。」

新郎的表情一僵，一副不小心踩到地雷的表情。

果然無法得到和小弟女友相同的反應。隨著年紀增長，喪失的似乎不只有天真和無知，明明「環遊世界」應該是大家普遍都想過的夢想，為什麼知道我正在環遊世界卻沒人會給予由衷的羨慕呢？因為我不是創業有成的年輕實業家？因為我沒有能夠揮霍一生的龐大財富？

新郎尷尬地寒暄幾句言不及義的事情，就藉故跑去和其他賓客聊天了。

苦笑的我找了一桌較少人的圓桌，逕自坐在一群不認識的大叔大嬸之間。

在學期間無法想像的事情不斷湧上心頭。雖然算早婚族，然而學弟也已經成家立業了。不久之後，我所認識的朋友們肯定會不斷結婚、踏上人生的新階段，而我卻只能繼續在同一個階層徘徊，徒然地抬頭仰望女孩幸福的身影。

舞台的投影幕開始播放新郎新娘的認識經過。居然連這種東西也搬出來了，最近的婚宴和我所知道的相差甚遠啊。這也表示我快要跟不上時代了嗎？

望著投影片中羞澀的牽手照片，我忽然想起來曾經聽過其他系一位女同學在畢業之後立刻和一位有婦之夫結婚的謠言……還是和離婚帶著一名小孩的男人結婚？記憶最近越來越不可靠了。要不是那名女同學在我們學校算是名人，我應該也不會聽說吧。

原來真的有人能夠如此瀟灑地達成人生目標。我可就辦不到了，光是要在「感情」上達成最低的及格線就耗費了我全部心神，遑論其他目標。

投影片結束之後料理便陸續上桌。

雖然已經許久不曾踏入需要和複數人士社交的場合，不過以往在公司內部鍛鍊出來的能力意外地還能夠發揮作用。雖然是第一次見面的大叔大嬸，倒也可以在夾菜和倒酒的空隙間聊上好幾句。

大概只上了一半的菜色之後我就吃飽了。藉故要去廁所之後，我溜出大廳，在人行道悠哉地散步。經過便利商店時忽然覺得剛才沒有多喝幾口宴會提供的威士忌有些可惜，於是進去買了兩罐冰啤酒。

邊散步邊喝酒真是人生的極樂之一。

「唉，結果她沒來，原本還想說可能會有共同朋友的說。」

話雖如此，想著或許女孩可能會來就特地跑來參加婚宴的自己客觀看來也挺可笑的。況且仔細想想，直接到店裡反而更有機會見到面吧。畢竟她和我這種無所事事、能夠隨時參加婚宴的自由業不同，可是必須遵守社會正常的上班時間。

我苦笑著走在通往晴空莊的夜路。總感覺今天一直在苦笑。我是不是該去網路找找「一直苦笑的後果」或是「苦笑時大腦會分泌的化學成分」之類的研究文章？

「——啊！我想到了！那名女同學是會計系的！」

酒精發酵的腦袋昏沉沉的，我帶著達成某種成就的興奮感，又跑又跳地在路燈照映的街道奔跑。

無論我在風狂雨驟的颱風天、冰冷昏暗的寒冬或是酩酊爛醉的夏日夜晚回去，晴空莊依然好好地待在原處等待著我。

這點忽然令我感動地熱淚盈眶。

「晴空莊我回來了！謝謝你一直都在！哇哈哈哈！今後也請多多指教啊！」

「醉漢吵死了！信不信我報警！」
二樓忽然傳出罵聲。從聲音判斷應該是出自孫女之口。
「抱歉啦！啊哈哈！」
我滿足地高舉起啤酒罐想要乾杯，卻忽然一個踉蹌倒在某個柔軟的地方。刺激卻令人放鬆的味道傳入鼻腔，我努力思考這個似曾相似的味道，不過在得出結論之前意識就搶先渙散了。

「——嗯啊，昨天忘記自己很容易宿醉了。我明明沒喝多少啊……」
陽光從沒有門的空隙照入，懸浮的灰塵因此發出炫目的光線。儘管是一幅很不錯的畫面，然而頭實在痛得什麼事情都不想管。
啊啊，如果世界毀滅就好了。
下次我一定不要再喝得那麼醉了。
昨天我應該是倒在外面的庭院睡著的，又是何時移動回一〇一號室？應該不會有人那麼好心幫忙把一個醉鬼扔回他家吧？不過隨便啦，頭實在痛死了。我翻了個身決定繼續睡到宿醉清醒為止。
半夢半醒之間，我漸漸地聽見了晴空莊的聲音。
踩在老舊地板的腳步聲、翻動書本的聲音、水滴落的聲音、噎嗚的貓叫聲、撞到東西時發出的驚叫聲、開懷大笑的聲音。

各式各樣零碎微弱的音符彼此拼湊成晴空莊專屬的曲調。

這裡居住的其他人都比我年輕，也擁有比我更加耀眼、燦爛的夢想，然而在不久之後，他們會親身見識到社會與世界的嚴苛，那個時候他們會怎麼做？

放棄夢想？還是為了夢想放棄其他？

而那時的我又會在哪裡、做著什麼事情呢？依然像現在一樣繼續渾渾噩噩地躲在世界某個角落，祈禱女孩會回心轉意愛上我？又或者奇蹟當真會出現，女孩會被我的心意打動，願意再次和我牽手前進？

或許這正是我捨不得離開晴空莊的理由。

即使只是從樓上傳來的微弱的殘響也好，我也想更加接近那些尚在萌芽的夢想，借此安慰自己未來有無限的可能性。

等到我再次清醒的時候，漆黑的夜幕宣示著時間。

「……沒想到睡個一天就復活了，看來我也還年輕。」

嘟囔著連自己也不相信的鬼話，我開始在雜物堆中東挖西找，總算是在一個寫著阿拉伯文的鐵盒內找到不少罐頭。雖然表面的標籤磨損過度已經看不出來裡面裝的到底是什麼，不過既然是罐頭，應該就可以吃。

用鑰匙將罐頭打開之後，我端詳那塊粉紅色的肉塊片刻，小心翼翼地用湯匙挖了一口放到口中。

「嗯……即使吃了還是不曉得到底是什麼，微妙的口感啊。」

不過既然沒有酸味或發霉的口感，我也就三兩口將內容物吃完。在世界各地旅遊的優點之一，或許就是對於食物的接受度增廣不少這點。

✣ ✣ ✣

隔天，因為是一年中最重要的日子，我特地起了個大早。

換上衣櫃中最為體面的衣裝，我到一家在網路上頗具盛名的花店領了預定好的九十九朵鮮紅玫瑰。

雖然是很老套的方式，不過她應該會喜歡吧？仔細想想，這還是我第一次送花給女孩。

今天是女孩的生日。

儘管我沒有資格也沒有立場為她慶祝，然而即使只有一公尺也好，我依然想待在離她近一點的地方慶祝這個日子。如果能夠和她一起慶祝就更完美了。

這也是我回國的主要原因。

用電話再次確定預約的法國餐廳是能夠欣賞夜景的窗邊座位後，我招了一台計程車，向司機報出女孩服裝店的地址。

等到快要關店的時候跳出去嚇她一跳，接著邀請她一同用餐。

很好，就按照計畫行事。

提早了一小時就到達最終地點的我躲在不遠處的轉角，不停原地踏步好削減緊張感。玫瑰的濃厚香味搔弄著鼻腔。我不停用右手摸著口袋中的小方盒，裡面放著女孩說過想要的日本一間神社的祈福御守。

等會兒應該可以久違地看到女孩的笑容。太好了，真令人期待，心臟跳得快要爆掉了。

天色轉黑後，我凝視著女孩送走最後一位客人，收拾櫃臺後拿起隨身包包，走到人行道踮起腳尖努力地將鐵捲門拉下，纖瘦的背影令人想要上前抱住。

當我要走出去時忽然發現女孩露出發自內心的溫暖笑容，大步跑向一位站在機車旁的男孩。而男孩也張開手微笑以對。

我立刻退回轉角，屏住呼吸膽怯地探頭張望。

只見女孩高興地坐在機車後座，伸出雙手緊緊環抱住男孩的腰。引擎發動的聲響伴隨著兩人的說笑聲，眨眼之間就看不見了。

即使是剛開始工作那時的我，薪水加上學生時期打工存的金額也足以買一台汽車代步，然而女孩卻選擇分手，和一名同年級、騎著機車的平凡男孩交往。

這就是所謂的真愛嗎？

「……唉，我果然是個爛人。」

對於只用如此膚淺的條件去判斷的自己感到羞恥。比較自己和對方的差異，然後讓自己得到優越感，但是最終而言我除了優越感之外就一無所有了。

現在她愛著的人並不是我。
光是這點就足夠了，其他都是多餘。
鐵灰色的垃圾桶插著一大叢玫瑰花，似乎為這個陰暗的街口增色不少。

✣ ✣ ✣

睡在公園長椅意外挺舒服的。我將右手放在眼前好遮擋傾瀉而下的耀眼陽光。既然陽光如此耀眼，我大概睡掉整個上午了？
一名幼稚園左右的小孩子站在旁邊看了我好一會兒，隨即跑回不遠處的鞦韆開始和其他小孩開始猜拳決定盪鞦韆的順序。真年輕啊。幼稚園時期的我到底發生過什麼事情？總感覺已經快忘光了。雖然倒是記得那時很喜歡坐在隔壁、常常穿著草莓圖案衣服的女孩子。
西裝沾上不少灰塵和某種黏膩的汙漬，不過反正也沒人會欣賞，就算整件變成灰色也沒差。
彷彿是早就計算好的，抱著裝滿長棍麵包紙袋的師父忽然哼著鼻歌經過我的面前。好幾隻麻雀蹦蹦跳跳地跟在後頭。
「咦？師父！」我急忙起身打招呼。
「哎呀，真是宛如夏日精靈作弄的巧遇。這身西裝很襯你唷！」
「我幫忙拿吧。」我上前接過紙袋。剛烤好麵包的香味撲鼻而來。如果幸福真的有味道，大概就是這種味道吧？

「你昨天似乎沒有回房間吧，果然在某處享受夜晚的美好？」

「只是忽然想知道公園長椅睡起來的滋味如何，就實踐了一番。」

「哈哈，感想如何？」

「有機會的話會想再睡一次。」

師父大笑著用力拍著我的背，似乎對於我的回答很滿意。

麻雀們紛紛飛到樹梢。比起吱吱喳喳的鳴啼聲，拍動翅膀的聲響更加明顯。

我和師父並肩走回晴空莊後，下意識地要往師父的房子轉，不過師父卻巧妙地伸手拉了拉紙袋，將我帶往晴空莊的方向。

「今天要開住戶大會喔，有重要的事情要宣布。不過見你昨天沒回房間沒機會看見邀請函，我就在買點心的途中順便把你找回來了。」

「感謝師父關心。」我頷首說完，忽然注意到一個問題，皺眉詢問：「晴空莊內有空房間可以開會嗎？不如說，師父您家的客廳怎麼了？」

「本次住戶大會開完之後在庭院有個小活動，為了節省移動時間就轉移陣地了。」

「……所以真的有房間可以擠入全體住戶？」

「一〇二號房呀。」師父理所當然地說。

「咦？那間房間可以用喔？」

「當然可以，晴空莊內所有房間都有各自的功用。」師父瞥了眼二樓，微笑說：「其他人大概都集合好了，我們直接進去吧。剛烤好的長棍麵包就是最佳的通行證，沒有人會拒絕剛出爐的麵包。」

滿頭霧水的我跟著師父踏入一〇二號房。果然如師父所言，晴空莊的所有住戶都已經在房間內集合……咦？等等，沒看見小弟耶？

不過原來隔壁房間是這個模樣啊。我一直以為只是倉庫，沒想到居然好好擺著桌椅和放滿陶瓷茶具的玻璃櫃，牆上也掛著兩幅歐洲鄉村的油畫。

小說家和文學少女似乎剛從圖書館回來，兩人手邊都放著一大袋書。看那個數量快超過三十本了，真的有辦法看完嗎？而放眼看向主位，只見殺氣騰騰的孫女正襟危坐，一副不管自家爺爺接下來要講什麼都會據理力爭的兇狠模樣。不過胖貓偏偏蹲在她的右邊肩膀，導致整個身子都歪一邊了，表情卻還是依然猙獰，實在有些好笑。

至於小弟則莫名其妙缺席了，只有女友無聊地咬著吸管，用手指在桌面畫圈圈。

「唷，大哥好。我聽說了你許多豐功偉業喔。」

「連妳也要這樣喊我嗎……話說小弟人到哪去了？」

「天曉得。上次約會時我們約好今天在房間進行撲克牌的復仇戰，誰知道剛才敲了好幾次門也沒有動靜，我用偷偷拷貝的鑰匙進去也撲了空，八成記錯日期了……我在門縫發現有封信寫著要開住戶大會，就自己先到這裡來等他了。」

小弟女友搖了搖一個純白信封說。

師父每人分了一根長棍麵包後，滿意地坐下說：「大家都到啦？很好，很好。」

「還缺一個人喔。」小弟女友舉手說。

「三號房弟子的話大概三分鐘後就會自己回來了，在那之前我們先喝杯茶吧。今天早上發現薰衣草曬得恰到好處。」

「現在不是悠哉喝茶的時候吧！」孫女大發雷霆，不過師父流暢地從一旁的玻璃櫃中拿出茶壺、茶杯和裝滿小餅乾的玻璃壺。我一直覺得師父很適合去經營花茶店。自製花茶和手工餅乾，根本是最強組合啊。對了，還有抹上自製果醬的長棍麵包。

儘管如此，孫女依然用凶狠的表情咬著餅乾。

「——抱歉！我記錯約會的日期了！」

不久後只聽見小弟一邊大喊一邊衝上階梯，咚咚咚地在二樓的走廊奔跑。

「我在這邊啦。」小弟女友苦笑著喝了口茶，低聲抱怨。

等到小弟發現住戶都待在一樓空房開會的時候，餅乾也被吃得差不多了。滿頭大汗的他似乎一時無法理解為什麼大家會聚在一起，尷尬地坐下後悄聲問著女友：「為什麼妳也在這裡？發生什麼事情了嗎？又是關於拆除晴空莊的集會？」

「我不能在嗎？」小弟女友嘟著嘴。

「不是啦，我沒有那個意思……」

立刻就慌了手腳的小弟趕忙陪罪，卻不小心推倒了茶杯。琥珀色的液體在桌面緩緩擴散。小弟為了擦掉紅茶急忙起身，反而又用膝蓋撞到桌腳，痛得大聲唉叫。

「唉，交給我啦。」小弟女友苦笑著拉著自家男友的襯衫要他坐下，隨手抽了好幾張衛生紙收拾殘局。

好不容易等到會議再開，師父故作神祕地從口袋拿出一張重複摺疊的地圖，攤到桌面說：「這是最新的規劃地圖。」

眾人紛紛圍上前打量地圖。端詳好一會兒也看不出端倪的我問：「請問這張和舊的差在哪裡？」

「老實講我也看不懂這種地圖。」

「呃……」

「不過就結果而言，由於地區規劃和政府規定之類的麻煩事情太多了，混在一起之後更加得亂七八糟，最後發現是建商方面算錯了。」

師父露出開朗的笑容，豎起大拇指說：

「簡單來說就是晴空莊可以繼續保留了。」

「我堅決反對啦！絕對……咦？」

率先發難的孫女愣了愣，張大了嘴僵在原地。

「雖然是很棒的好消息，但是為什麼啊？」小弟舉手發問。

「建商算錯了。」

「那種牽扯到好幾千萬甚至好幾億的建築案不可能這麼隨便算錯吧，況且這個規劃圖不會很奇怪嗎？只有晴空莊這個區域凹下去，就好像規劃案特別避開晴空莊似的。」

小說家喃喃自語，不過隨即被文學少女冷冷地打斷：

「你只不過最近讀了幾本以建築為主題的推理小說就開始大放厥詞了？」

「不，我沒那個意思啦，只是總覺得……」

詞窮的小說家支吾片刻隨即舉起雙手投降。晴空莊的女性似乎都將男性壓得死死的耶？該不會是這裡的風水特殊吧？

「總之皆大歡喜真是太好了！」房東爺爺用力拍手吸引大家的注意力，朗聲說：「那麼為了慶祝，就用菜圃的作用開一場ＢＢＱ宴會吧，正好之前也說過要開烤肉大會。二〇一號房和我負責到菜圃拔菜，二〇三號房負責到市場採購其他食物，二〇二號房負責到我家把烤肉架找出來然後裝好。好了，開始動作！」

一聲令下之後，儘管對於規劃案仍然有些疑惑，住戶們依然起身行動，各自去準備被交付的任務。當孫女用盡各種方式將胖貓拖到庭院，室內就只剩下我和師父兩人了。

「呃，師父，請問我該做些什麼才好？剛才只有我沒被點到名耶。」

「只有一個人的話比較難幫上忙耶……」師父煩惱地頷首說。

的確一個有文學少女跟著另外一個有女朋友跟著啦。「但是二號房的孫女也是一個人啊。」我提出疑問。

「涵涵有虎胖跟著呀。」

「但是那是貓耶。」

「就算是貓，那也表示涵涵不是一個人。」

這時文學少女忽然高喊：「房東爺爺，菜圃裡面哪些菜可以拔哪些菜不能拔？我們分不清楚耶。」

「啊啊，我馬上過去，等一下喔。」師父捲起袖子，一副要大展身手的模樣。

「所以我到底該做什麼……」

「對了對了，弟子呀，這次的ＢＢＱ宴會一定要攜伴參加喔。如果只有一個人的話請回自己房間待著。」

「咦！慢著！我根本沒有——」

「所以現在就是去邀請其他人的好機會。」師父對我豎起大拇指，隨即跑向小說家和文學少女，幹勁滿滿地傳授關於蔬菜的小知識。

愣住的我看著彼此合作的住戶們，忽然覺得明白師父這些日子以來真正想要傳達給我的話。

……現在這個時間，她應該還在店裡才對。

我跑到公車站牌時恰好看見公車從我面前急駛而去。可惡，沒時間去等下一班了，直接跑過去吧。

我拼命奔跑，不管擦身而過的路人們投來疑惑目光。

和女孩開始交往那天的感動，至今依然深深烙印在我的心中。

女孩的純真、善良與笑容都令我沉醉不已。可以的話，我真希望能夠一輩子陪伴著她、守護她、直到生命的最後一天。然而她選擇的並不是我。

我因此頹廢喪志，抓著回憶的尾巴如何也不肯放手。

不過這麼做是錯的。

儘管我在點頭之後望著她開始收拾個人物品的瞬間、在第一次從窗戶眺望機翼和雲頂的時候、在異國言語充斥的店面吃著義大利麵的時候、在街口呼吸寒冷空氣的時候都隱約察覺到了，卻遲遲不肯承認。

我現在缺乏的不是酒精、謳歌夢想的笑容又或者是從遠處眺望的背影，而是一個決斷。

剛拉下鐵門的女孩澈底被嚇到了，似乎一瞬間想要拿出防狼物品來攻擊，不過看清楚是我之後才鬆了口氣。

「別嚇人好不好……你怎麼了？喘成那樣？」

我花了好些時間恢復呼吸。出乎預料的，女孩沒有催促我，只是靜靜地站在原地抬頭凝視著我。

等到我終於可以順利說話時，卻還是吐不出適當的詞彙。

「我……那個，呃……」

可惡，腦袋快動啊。我可不是特地跑來支支吾吾的！

「那個，雖然我知道現在這麼說有點奇怪，不過，呃……我、我喜歡妳，如果可以的話，請跟我交往！」說到最後幾乎是用吼的我咬緊牙關。文法不通又不帥氣，這樣的台詞和我想像中的完全不一樣啊。

我緊盯著鞋子，一邊聽著心跳一邊膽怯地等待回覆。

女孩沉默了許久。腦海不禁擅自浮現她現在可能的表情，其中卻沒有任何一個是笑臉，所以當我聽見她噗哧地笑了聲音的瞬間，甚至懷疑是幻聽。

猛然抬頭的我愣愣凝視著掩嘴微笑的女孩。

「你總算肯好好地說出來了。」

……咦？什麼意思？

彷彿開啟某個開關似的，女孩環起手臂，半是抱怨半是回憶地說：「你從以前開始脾氣就是倔，不管什麼時候都不太說出自己的真心話，甚至連告白都沒有，真的是澈底不懂女人心啊。」

「咦？當初我有告白吧？」

「才沒有！明明是我倒追你的！」女孩臉頰出現懷念的酒窩，半嗔半笑地說：「而且交往之後也從來沒有好好地跟我說過一句『我愛妳』，讓我覺得會不會只是自己的一廂情願，當你去工作後這種情況更加明顯，最後一時氣不過就提分手了。」

「那是妳和我分手的原因嗎！對於工作和在學期間的價值觀差異呢？」

「那是什麼？」女孩蹙眉反問。

……啥？所以到頭來是我自己誤會一場，甚至杞人憂天地將其他無關的事情都牽扯進來？

「放心吧，只要你肯好好工作，一定會有女生喜歡上你的，到時候可要好好把握啊。畢竟你的外表客觀來看還挺不錯的，再加上個性很有趣，相處起來也不會無聊。啊！我可沒有夾帶前男友私心才給你這麼高評價喔。」

「這樣算是高評價嗎？」

苦笑著我忽然摸到口袋的小方盒，有些難為情地拿出來。

「對了，雖然晚了一天，不過這是妳的生日禮物。妳之前說過很想要的神社御守。」

「……我有說過那種話嗎？」

面對歪頭苦思的女孩，我實在氣不起來。忽然感覺什麼都無所謂了。

「算了，既然你特地跑去日本幫我買，這次就破例收下吧。不過要知道我是以『朋友送的禮物』而收下的唷。」

微笑接過小方盒，女孩握拳輕輕捶了一下我的胸口，隨即抬頭露出笑容。

「那就先這樣啦，我和人有約，掰掰。」

「啊？喔，掰掰……」

直到女孩的背影消失在街角，我才踉蹌地扶著一旁的牆壁喘息。

剛才應該隱瞞得很好吧？沒有讓她發現我其實很緊張吧？如果最後的道別可以更瀟脫一點就好了。

似乎有某種堆積已久的沉重情緒眨眼間從胸口消失了，卻也有某種想要好好珍惜的感情跟著從那個位置緩緩流逝。

「……啊啊，被甩了。雖然也因此搞清楚了很多事情。」

夏日夜晚的微風吹過被汗水浸濕的臉龐和襯衫相當舒服。

如果不要自己鑽牛角尖，打從一開始就好好地將話說開，我和她會不會有另一個「現在」？

然而如果終究只是如果。我粗魯地胡亂將臉上的汗水擦乾。

「這下子終於結束了……」

當我踱步走回晴空莊的時候，其他住戶都聚集在菜圃旁邊的庭院，烤肉架和裝有各種食材的紙箱準備萬全地擺放在草地。如此喧鬧的晴空莊景象，我還是初次見到。

「大哥你終於回來了！我們都在等你喔。」

迎面跑來的小弟興高采烈地說，手上還拿著串到一半的青椒肉串。

「我以為你們先開始了……」

「房東爺爺說要大家集合完畢之後才可以開始。」

「但是時間已經很晚了。」

「嗯？有嗎？大家正在為了晴空莊免於被拆掉的事情談得很熱烈，大概是這樣才沒有注意到吧。」

「當然會談啦，居然能夠免於被拆掉的命運，簡直就像魔法一樣呢。」

小說家微笑著插話。

「光是兩次的集會能夠全員到齊就和魔法沒兩樣了吧，我光是找到三個人來開會都累得半死，爺爺只是寫封信就能夠連姪女和女朋友都能找來，未免也太作弊了。」孫女嘟著嘴抱怨。

「這麼說起來的確是呢。今天甚至連胖貓都出現了。」

「牠有名字的！叫做虎胖！」

叉著腰的孫女對我大聲說，迫於她的氣勢我不禁後退了數步，苦笑說：「我下次會記住的。」

這時房東爺爺率先將肉片放到烤肉架。肉汁激起的白煙頓時吸引了眾人的注意力，紛紛興奮不已地圍過去。

小弟女友一邊用閃亮的眼神盯著烤網一邊問：

「大哥下次打算去哪個國家旅行？」

「畢竟是夏天，應該會找一個四面八方都被清澈海洋包圍的小島吧。」

「聽起來超棒的！吶，我們改天也去那種只有在雜誌封面才會出現的地方玩好不好？」

「咦？我以為妳會比較喜歡神祕風格的景點，還特地找了一堆資料耶。」

「真的嗎？」

小弟女友高興地不停搖晃小弟的肩膀。旁觀的我不禁露出微笑。

宣告夏天尾聲的蟲鳴不絕於耳，湊著和煦晚風和在晴空莊前嬉鬧的住戶們形成一幅無論何時想起都會令人勾起嘴角的景象。

——下次的旅行應該會是最後一次的旅行吧。

THE END

語言文學類　PG1873　SHOW小說26

晴空莊的夏日

作　　者 / 佐渡遼歌
責任編輯 / 辛秉學
圖文排版 / 周好靜
封面設計 / 葉力安

發 行 人 / 宋政坤
法律顧問 / 毛國樑　律師
出版發行 / 秀威資訊科技股份有限公司
114台北市內湖區瑞光路76巷65號1樓
電話：+886-2-2796-3638　傳真：+886-2-2796-1377
http://www.showwe.com.tw
劃撥帳號 / 19563868　戶名：秀威資訊科技股份有限公司
讀者服務信箱：service@showwe.com.tw
展售門市 / 國家書店（松江門市）
104台北市中山區松江路209號1樓
電話：+886-2-2518-0207　傳真：+886-2-2518-0778
網路訂購 / 秀威網路書店：http://store.showwe.tw
國家網路書店：http://www.govbooks.com.tw

2017年12月　BOD一版
定價：220元

國家圖書館出版品預行編目

晴空莊的夏日 / 佐渡遼歌著. -- 一版. -- 臺北
市 : 秀威資訊科技, 2017.12
面； 公分
BOD版
ISBN 978-986-326-498-9(平裝)

857.7 106021308

讀者回函卡

感謝您購買本書，為提升服務品質，請填妥以下資料，將讀者回函卡直接寄回或傳真本公司，收到您的寶貴意見後，我們會收藏記錄及檢討，謝謝！

如您需要了解本公司最新出版書目、購書優惠或企劃活動，歡迎您上網查詢或下載相關資料：http:// www.showwe.com.tw

您購買的書名：______________________________

出生日期：________年________月________日

學歷：□高中(含)以下　□大專　□研究所(含)以上

職業：□製造業　□金融業　□資訊業　□軍警　□傳播業　□自由業

□服務業　□公務員　□教職　□學生　□家管　□其它_____

購書地點：□網路書店　□實體書店　□書展　□郵購　□贈閱　□其他

您從何得知本書的消息？

□網路書店　□實體書店　□網路搜尋　□電子報　□書訊　□雜誌

□傳播媒體　□親友推薦　□網站推薦　□部落格　□其他__________

您對本書的評價：（請填代號　1.非常滿意　2.滿意　3.尚可　4.再改進）

封面設計____　版面編排____　內容____　文／譯筆____　價格____

讀完書後您覺得：

□很有收穫　□有收穫　□收穫不多　□沒收穫

對我們的建議：______________________________

____

____

____

請貼
郵票

11466
台北市內湖區瑞光路 76 巷 65 號 1 樓
秀威資訊科技股份有限公司 收
BOD 數位出版事業部

（請沿線對折寄回，謝謝！）

姓　名：__________ 年齡：______ 性別：□女 □男

郵遞區號：□□□□□

地　址：__________

聯絡電話：(日) __________ (夜) __________

E-mail：__________